东驰西骋，一代枭雄忽必烈风云叱咤
南征北战，百年基业大元朝独步天下

圣主春秋

刘强 ◎ 著

企业管理出版社
ENTERPRISE MANAGEMENT PUBLISHING HOUSE

目　录

第一回	金莲川集结精英	001
第二回	整治漠南扬美名	013
第三回	元好问亲授大儒	023
第四回	剑火洗礼征云南	031
第五回	向龙借地建开平	037
第六回	暗流涌动避钩考	043
第七回	饮马长江统东路	055
第八回	蒙哥战死钓鱼城	059
第九回	渡江攻鄂显英豪	063
第十回	暂时议和赴北归	067
第十一回	忽里台会登汗位	075
第十二回	争汗位南北对峙	077
第十三回	亲自征阿里不哥	081

第十四回	取易经建国为元	087
第十五回	平李璮罢汉世侯	091
第十六回	统一中国建大元	103
第十七回	海都之乱被平定	119
第十八回	砸死贪官治腐败	127
第十九回	皇后病逝纳南苾	141
第二十回	纳谏节约得人心	147
第二十一回	修大都彰显国威	151
第二十二回	平乃颜御驾亲征	155
第二十三回	忽必烈与郭守敬	161
第二十四回	忽必烈与赵孟頫	165
第二十五回	忽必烈与关汉卿	173
第二十六回	马可·波罗来中国	179
第二十七回	千秋功业入梦乡	183

书中主要人物表

忽必烈：元朝开国皇帝、元世祖
察　苾：忽必烈皇后
刘秉忠：忽必烈主要谋士
伯　颜：元朝大将
宝日玛：察苾的女侍卫
郝　经：元朝大臣、翰林侍读学士
元好问：金朝著名诗人
蒙哥汗：大蒙古帝国大汗
真　金：元朝太子
赵孟頫：元朝大书法家
郭守信：元朝大科学家
关汉卿：元朝大戏剧家
马可波罗：意大利旅行家、元朝官吏
文天祥：南宋丞相
段兴智：大理国王
阿合马：元朝大臣、贪官
阿里不哥：忽必烈弟弟
阿兰达儿：蒙古汗廷大臣、汗廷副留守
刘太平：蒙古汗廷大臣、参知政事
贾似道：南宋丞相
李　瓘：蒙古汉军万户、益都行省、江淮大都督
海　都：忽必烈远房侄子，叛乱首领
乃　颜：忽必烈远房侄子，叛乱首领

第一回　金莲川集结精英

公元1251年，农历七月，天气温暖，中国漠南蒙古汗国"金莲川幕府"附近，黎明前的黑夜里，一个蒙古汉子顶着晨风，骑着一匹马，链着一匹马在奔跑。马蹄在寂静的黑夜里发出"踏、踏"的冰冷响声，骑在马身上的人不时地紧张回头张望，他身后的三个骑马人在追赶他。

前面的大汉快马加鞭地跑，后面三个骑马人在快马加鞭地追赶。过了一段时间，后面的骑马人追上了前面的骑马人，把前面的骑马人围在中间。一位穿着红色斗篷的少女横在被追赶人的前面。四个人在马上打了起来，黑夜中辨不清容貌，只听见武器发出金属的响声和闪闪火光。打了一阵，四个人不分胜负，穿红色斗篷的少女放了一箭，蒙古汉子藏身马下，马飞快冲到少女身边，他一抬身一伸手把少女拉到自己马上。另两个人正要上前搭救少女，就在这时，一阵锣声响起，路两边火光冲天，无数兵士呐喊起来。四个人马上停止了对杀。

借着无数火把光亮，人们看清楚了，被追赶的蒙古汉子穿着蒙古军袍，头戴蒙军的迎风帽，腰系布带，脚蹬长筒软皮靴。他骑着一匹汗血宝马，链着一匹高头大马，此马剽悍高大。蒙古汉子轻轻把少女放在地上，看见愤怒的少女，他憨笑了一下。这个汉子长得魁梧高大，长脸、浓眉、大眼、大嘴，脸有点发红，手执长矛，腰挎宝剑，背挎弓箭。他下马往地上一站，像个紫铜雕的战神一般。

后面的三个人，骑的一律是身高体长的渤海马。一位是个中等个儿，戴着四瓣统合小帽，身穿钉有铜扣的蒙古长袍子，腰带前挂着鼻烟壶，右侧带腰刀，是个五十多岁的老者。老者身旁的小伙长着一张白胖圆脸，十八九岁，身穿战甲，头戴战盔，手持一把宝剑。小伙身旁的少女十六七岁，粉红脸，柳眉细腰瓜子脸，亭亭玉立，长得十分窈窕。

走在手执火把兵士前面的一位军官大喊："不要打了，我们是忽必烈王爷幕府的，我是幕府宿卫总管廉希宪，你们为什么厮杀？"

那位长得俊俏窈窕的少女指着蒙古汉子说："他是南人的奸细！"

"我不是南人的奸细，我从波斯蒙古大营来，旭烈兀亲王派来给忽必烈王爷送汗血宝马的，我是派来的使者伯颜。"

"我们是从辽阳路蒙古大营来，我们是木华黎的子孙。"还是小姑娘嘴快，先喊出来。

"看来是误会了，你们都是幕府的客人。"廉希宪说，"我们的探马回来报告说，有几个骑马人直奔幕府来，我们怕是奸细，就做好了准备，没想到是你们，纯属一场误会，快请进幕府见忽必烈王爷。"

四个人下了马同廉希宪请了安，发生误会的三个男人也互相请了安。伯颜向姑娘请了安，小姑娘不服气地瞪了伯颜一眼，说："等以后我一定单独同你较量！"伯颜憨厚地一笑："我等着你！"

大个子维吾尔人宿卫总管廉希宪，领着4个客人来到幕府大帐。幕府大帐里灯火辉煌，官兵们都起来迎接客人。

坐在大帐正位的是忽必烈，他四十多岁，身着战甲，头戴红缨战盔，膀阔腰圆，方面大耳，高颧骨，一副富态相，眼睛里发出善良而睿智的光芒，深沉而敏锐。坐在忽必烈身边的是察苾王妃，高挑身材，细长脸，眉如齐贝、花容月貌、雍容华贵，头戴漂亮的顾姑冠，装饰素雅。其他幕僚都穿着整齐、庄严的蒙古"质孙"服站在忽必烈身旁。

当客人一进门，忽必烈就认出了五十多岁那位老人，他是木华黎将军的孙子霸突鲁将军。忽必烈站起来，抱住霸突鲁说："这不是霸突鲁将军吗，我们好多年没见面了，还是我爷爷成吉思汗在位的时候我们见过面。您身边的两位是谁呀？"

霸突鲁兴奋地指着十八九岁的小伙，说："这是我的儿子安童，"他又指着那位俊俏的姑娘，说："这是我的女儿宝日玛。我要把他们俩交给您，让他们两个为你们二人服务。"察苾王妃忙拉过姑娘宝日玛，说："这姑娘长得这么俊，我真喜欢，今后就让她留在我身边吧！"

安童和宝日玛忙拜伏在地，道："王爷和王妃在上，今后亲王和王妃就如同我们父亲母亲，请教育我们成人。"忽必烈和王妃仔细打量着这两个风华正茂的孩子，他们长得真是美极了。男孩子长得精明，慈眉善目，相貌堂堂；女孩子中等身材，腰细肩柳，整体协调，面目清秀，红光满面，色如玫瑰，眼若点漆，鼻子端正高挺。

忽必烈哈哈大笑之后，沉毅多智的眼睛扫了一下坐在身边的幕僚们，说："把孩子交给我的这位将军叫霸突鲁。按说，我应叫他大哥，他爷爷就是大将军国王木华黎。"众人啊了一声，大家都知道木华黎的大名，中国北方的大片土地都是他指挥征服的。

忽必烈接着说："木华黎是开国功臣，我爷爷多次说过，木华黎是他的四杰战将之一，在战争最艰苦的时候，他们被围在泥泞的雪地里，木华黎用他自己的皮袍子为我爷爷避挡风雪，通宵侍立，足迹不离。我爷爷把征服中原、辽西、辽东的战事都交给他了，他一生累立战功，被封为国王称号。"

霸突鲁听到忽必烈说起他爷爷木华黎的事，激动的热泪盈眶，说："我爷爷跟着成吉思汗征战一生，我这两个孩子也会随忽必烈王爷征战一生。我儿子安童长期在汉地生活，在辽阳学了汉族文化，他会蒙文，也会汉文，懂得儒家文化，让他给王爷当宿卫。我姑娘宝日玛，做针线活不行，但她会些武艺，还懂点医药方面知识，好唱歌，让她侍卫察苾王妃吧！"

忽必烈说："像安童这样有文化的人来到漠南难得呀，大有用处，我会重用他的。"

王妃察苾说："让宝日玛留在我身边，是我的福分。"

忽必烈指着霸突鲁他们爷仨身后风华正茂的大个子年轻人，问："这位年轻人是谁？"

大个子年轻人跪拜在忽必烈王爷、王妃面前自我介绍说："王爷、王妃在上，在下是伯颜，旭烈兀亲王派来的使者，亲王听说忽必烈王爷来经营漠南，特派我给您送来一匹纯种汗血宝马。这有书信一封。"伯颜双手献上书信。

忽必烈看完信高兴地说："谢谢我弟弟对我经营漠南的支持，宝马我收下了，伯颜你也别走了，留在我身边参谋军务，你在西域作战一定积累了不少作战经验。"

"谢谢王爷的信任。"伯颜叩头拜谢。

宝日玛偷偷看了伯颜一眼，含笑低下了头。

忽必烈想起旭烈兀，心里有点酸，他说："我弟弟旭烈兀不容易啊，他从二十多岁起就承担了统率西征的任务，一打就是好几年的仗，他征服了中亚和西亚各国。"

忽必烈手拿书信想起了自己的家事。忽必烈的爷爷成吉思汗膝下有四个嫡子，大儿子术赤，二儿子察合台，三儿子窝阔台，四儿子就是忽必烈的父亲拖雷。拖雷一共有四个嫡子，大儿子蒙哥，就是现在的蒙古帝国大汗（皇帝），二儿子是忽必烈，三儿子是旭烈兀，四儿子是蒙哥汗身边的阿里不哥。旭烈兀正征战在伊朗，他建立了以伊朗为中心的伊利汗国，他就是伊利汗国的大汗。

忽必烈双手拿着旭烈兀的来信，念道："弟信悉二哥担当总领漠南的重任，弟我表示祝贺。没有什么送给您的，特派伯颜为信使给您送去一匹纯种西域汗血宝马。我派伯颜给您去送马，如果您愿意，也可以把伯颜留下为您所用。伯颜的祖父、父亲都曾随爷爷成吉思汗南征北战。伯颜有德有才，他很懂成吉思汗兵法，武功和谋略都很出众，他辅佐您定能为您建功立业。"

念到这里，忽必烈猛抬头打量伯颜，只见伯颜长相大气，有大将风度，两眼炯炯有神。忽必烈高兴地说:"我三弟把这么好的武将推荐给我,真是太好了。"

忽必烈对客人们说:"你们刚来,我把我们幕府里的众位介绍给你们认识一下。"

忽必烈指着幕府宿卫总管廉希宪,说:"这位大鼻子、大胡子的大个子,是维吾尔人,他汉名叫廉希宪。他为什么叫廉希宪呢?一是他父亲曾担任过大蒙古国燕南诸路肃政廉访使,他用他父亲的官名为姓;二是他要做一名两袖清风清廉的官,所以,他取汉姓'廉'。你们别看他主管宿卫,却是位熟读儒家经书和历史的人。他在我们幕府里常常给大家讲孟子的故事,所以,大家都称他为'廉孟子'。"廉希宪被忽必烈这么一说,满脸堆笑,频频摇头,说:"这是王爷拿我开玩笑,我哪里够的上'廉孟子'。"

之后,忽必烈把各位幕僚一一介绍给大家。

忽必烈指着朗目疏眉,长着微胖圆脸的刘秉忠,说:"他是位还俗的僧人,刘秉忠,他学贯儒、佛、道三教。"

"这位是张文谦,河北邢台沙河人,研究阴阳'术数'的,他是刘秉忠的同学。"张文谦身材瘦高,长脸,目若流星,唇蓄微髭。

"这位是姚枢,政治家、理学家。"姚枢小个子,雪白的头发,脸色苍白,眼闪智慧,一副耿直相貌。

"这位是王鄂,山东东明人,原金朝状元,是一位政治家。"王鄂中等个,四方脸,老成持重,风度儒雅。

"这位是窦默,河北肥乡人,是位理学家,我的近侍和我孩子的老师。"窦默瘦高个,一脸严肃。

"这位是郝经,山西人,是位卓尔不群的政治家和教授。"郝经,文质彬彬,身材瘦削。

"这位是赵壁,他精通蒙、汉双语,是位拟表章、文檄的才子,我称他为'秀才',他还是传播儒学的仁人君子。"赵壁身壮、浓眉、大眼睛。

……

霸突鲁听完介绍之后,说:"您这里真是贤人集结,良才遇伯乐,都说王爷爱才好士,百闻不如今天一见,果然如此。"

大家在屋里说话，外面天色已经大亮，忽必烈走出帐外对大家说："已经是早晨了，我领大家到金莲川去看看吧！"

众人齐说："好，趁早晨天气好，到金莲川去看一看。"

清晨的金莲川山顶，山沟的坡面上开满金莲花，煞是好看。忽必烈昂首阔步带着众幕僚、客人来到坡顶上，放眼望去，远处是绿波滚滚的草原，近处是淌流不息的滦河水。草原上布满了星星点点军帐，远处看去，也像白花朵朵，一片生机。

忽必烈春风得意地对霸突鲁说："这是刘秉忠先生按照《易经》并经过推算帮助我选定在这里建幕府。这里东西长近十里，这里在金朝时叫桓州曷里浒东川，是放牧的好地方。因为夏季盛开金莲花，后来改名为金莲川，所以，我的幕府叫'金莲川幕府'。这里北靠南屏山脉，南依滦河水，依山傍水，脚入宝盆。"

霸突鲁说："我在汉地生活多年，人们特别讲究风水，您这里确实是个风水宝地。"

刘秉忠在旁插话说："金莲川地处蒙古草原南部边缘地带，往南边是汉地，是草原和汉地的连接处，更是交通要道，既有利于统治中原，又便于同蒙古汗廷联系，南可进，北可退，当地人把这称为'龙岗'，可咱们不敢说，只知这里是福地。"

廉希宪触景生情淡淡一笑，说："这里交通四通八达，把汉地和草原连接在一起了，这有助亲王整治漠南。只是眼下漠南很乱，官有霸气，兵有杀气，民有怨气。"

姚枢心情复杂地在旁边说："什么好的地方，民有怨气也不好治。要治理好漠南，必须有好的政策，取信于民，还政于民，还百姓一个清平的世界，那时，龙岗才能真正变成'龙岗'。"

忽必烈说："'龙岗'不'龙岗'，我们就不要再提了，可治理不好漠南，我们就会失信于自己，辜负汗兄的重托。所以，我们要抓紧时间开一个会，讨论一下今后怎么做，希望大家都准备一下。"

第三天上午，忽必烈幕府中心大帐内坐满了幕府的幕僚和高官。忽必烈和王妃察苾分右左坐在高台的王榻上。王爷身后站着新来的侍卫官伯颜，王妃身后立着美丽的宝日玛。

忽必烈穿着一身戎装，脸色严肃，郑重地说："今天这个会议非同小可，意义重大。"他这么一说，大帐内立刻静了下来。接着，忽必烈说："今天开会，我请大家喝奶茶，刚开始有些人可能喝不惯蒙古奶茶，喝习惯了就好了。今天我们讨论治理漠南的问题，请大家有什么话都说出来，我们要集思广益。"王爷的话音刚落，幕僚们就争先发言。

性格耿直的姚枢已经等不及了，他说："漠南的政权刚建，生产还没有很好恢复，所以，我认为应该暂时先免收百姓的赋税和徭役。"

赵壁气愤地说："有的地方官把交不起赋税的百姓押到监狱里。"

窦默目光如炬，愤怒地说："听说在燕京一带，有的官吏抢男霸女，百姓少交一两银子就要被鞭打。"

张文谦直言正色道："有的地方官把从金朝和宋朝俘虏的儒生或官吏当奴隶，让他们干苦力，当劳工，真是够惨的了。"

张德辉说："有的儒生因说了对蒙古朝廷不满的话就被治罪。"

沉默了半天不做声的廉希宪说："河北不少地方蒙古官吏不让农民种地，要把农民的耕地变成牧场，弄得农民无法生活。"

会上大家纷纷揭露漠南社会上的乱象，个别谋臣义正言辞，有人说的气愤之时会从会场里拂袖而去，但大多数人怕揭露出来的乱事过多激怒了当政的忽必烈王爷，所以左顾右盼，希望王爷早点表达意见。

忽必烈心情沉重地说："你们有些事揭露的很实际，我是带着诚恳的心情听大家揭露社会弊端和反映民情的。想当年，我爷爷成吉思汗就是因为受不了金朝的欺压才起来造反的，他的愿望就是让百姓过上公平安定的好日子。今天，我们战胜了金朝，再回过头来欺压百姓，不让百姓过上安定的日子，百姓能不恨我们吗？百姓有怒气是正常的。"

这时，老夫子教授郝经说："自灭金以来，漠北一直没有得到整治，其主要弊端是没有行仁者之道，人怨天怒，这样怎么能统一中国。"

张德辉说："王能行仁者之道，以道德和法律治理国家，国家才能昌盛，国君才能成为圣明之君。"

007

刘秉忠对忽必烈建言："君王可以马上取天下，不可以马上治天下，要根据汉地的民情制定新的政策和法律，才能把漠南治理好。"

教授姚枢说："聪明的君王，应该融会天下各国治国之道，修身、立学、尊贤、亲亲、畏天、爱民、好善、远妄等八项。救治时弊要立省部、辟才行、举逸遗、汰职员、班俸禄、定法律、审刑狱、设监司、明黜陟、阁征欽、简驿传、修学校、崇经术、旌考节、厚风俗、重农商、宽赋税、省劳役、禁游情、肃军政、朋匦乏、恤鳏寡、布屯田、通漕运、倚债负、广储蓄、复常平、立平准、却利便、杜告讦，只有做到以上这些，漠南才能治理好。"

听了大家的建议，忽必烈高兴地说："听了大家这些意见，真有'听君一席话，胜读十年书'之感觉。请诸位放心，本王一定以大家之提示的良言良策去治理漠南。目前，我们要根据漠南的一些情况，本着轻重缓急，先出台一些政策。我看大家提出的建议，同前国相耶律楚材实行的儒家治国之策有相同之处，大可用之。"

听了忽必烈的发言，大家异常兴奋，真有"大旱望云霓"之感觉。

霸突鲁听众幕僚的高论，感慨地说："听了大家对漠南时弊的分析和所献之策，我深深体会到当年蒙古大汗国丞相耶律楚材说的那句话真对。他说'利器必用良弓，守成者必用儒臣。'有这些贤臣武将助力，何愁功业不成。"

忽必烈若有所思的点头，对霸突鲁的说法表示赞同。

一日天气晴朗，万里无云，莲花川的练武校场上，伯颜聚集数百名士兵在练武，忽必烈带着百官围着观看。忽必烈见士兵们列队整齐，在伯颜的口令下刀来剑往，雄姿英发，甚为欢喜，脸上露出赞许之色。

操练休息了，忽必烈带着官吏们离开操练场，他们边走边赞扬伯颜是个带兵的将才。

校练场边上只剩下伯颜，他坐在石墩子上用粗粗的手拿着一根细细的针缝补被箭划破的衣服。这时，宝日玛不知从哪里蹑手蹑脚地走来，她站在伯颜身边说："伯颜哥哥，我替你缝这件衣服吧，你这衣服上的破洞是被我的箭头给划破的。"宝日玛想伯颜一定生她的气了。

伯颜笑着说:"你在黑暗中射我一箭,划破了我的衣服,说明我的功夫还不够,不能怨你,只能怨我自己功夫不高。"宝日玛奇怪,伯颜不但没记她的仇,还怨自己功夫不够,她觉得这位虎背熊腰的新哥哥真好。宝日玛抢过伯颜的衣服,为他缝补衣服,边补衣服边说:"伯颜哥哥,那天晚上我以为我的箭射中了你,没成想你的身子钻到马肚子底下去了,你骑马的技术真好,马下藏身还真有用处,怪不得那达慕大会上会有这种骑马表演赛,可惜,我和哥哥安童生活在蒙汉杂居的辽阳,很少见到这种比赛。"

伯颜说:"那达慕大会上除了马术比赛,还有赛骆驼比赛。"

宝日玛扭过脖子转过头看着伯颜,问:"为什么没有斗羊、斗牛、斗骆驼比赛呢?"

伯颜抬头正视宝日玛,但见姑娘穿着一身红色练武服,圆圆的眼睛,肤如冰雪,面似粉团,齿白唇红,眉清目秀,天生丽质。伯颜对这位小妹妹说:"蒙古人的运动会上只有赛马、赛驼,没有斗牛等。因为蒙古人是善良的,不论是对人,还是对动物。蒙古人身边有牛、羊、马、骆驼,但蒙古人从不以观看动物之间进行恶斗为乐。他们认为扰动牲畜之间互相恶斗取乐,是一种缺德的行为。"

"那我们为什么还打仗?"宝日玛问。

"现在打仗是为了将来不打仗。中国统一了,中国之内就没有战争了。就是用战争消灭战争,这是成吉思汗的理论。"伯颜说。

"那你咋不在西域打仗呢?"宝日玛问。

"我在西域打仗,多少年后,我的子孙都会变成西域人,我还是想回到中国来,想为统一中国出点力。"伯颜答。

"那你的孩子还都在西域吗?"宝日玛问。

"我连老婆还没有,哪来的孩子。"

两个人都大笑起来。

"我父亲明天就要回朝阳蒙古大营了,我和我哥不走了,咱们一起为统一中国和忽必烈王爷一起战斗。"宝日玛高兴地说。

宝日玛把补完的衣服交给伯颜:"衣服补完了,给你吧。"宝日玛愉快地跑掉了,伯颜看着宝日玛跑去的背影,也笑了。

金莲川幕府中心大帐里，台上是忽必烈，台下则是幕府的官员。穿黄袍的僧侣乐队吹的长号"呜呜"响声震耳欲聋，吹号的喇嘛脸胀得通红还使劲鼓圆腮帮子吹。全场嘈杂声不断。这时，侍卫总管廉希宪宣布开会，请忽必烈王爷讲话。

披着黄色战袍的忽必烈把身上挎的宝剑取下来放在面前的桌案上，这是震场之剑，也是权力的象征。他说："经过大家建议，我们暂时制定几项治理漠南的政策。呈请大蒙古帝国皇帝蒙哥大汗，我们得到燕京、邢州、河南和关中地区整治的授权，故制定以下政策：从今天起，这几个地区的百姓赋税减半；不许让儒生和旧官吏为奴，择优录用，免除儒生的赋税和徭役；不许再把农田改为牧场，恢复农业生产；设学校，开儒学；不许随便杀人；发行纸钞；兴办冶铁；整治驿站；不许随便杀牛，使牛用于耕田；实行兵士屯田等。任命脱兀脱、张耕为邢州（今邢台）安抚使，刘肃为商榷使，以治邢州；任命忙哥、史天泽、赵璧为汴梁屯田经略使，陈纪、杨果为参议；任命孛兰、廉希宪为京兆（西安）和陕西地区宣抚使，商挺为副使；任命姚枢为劝农使，负责关中八州十一县的劝课农桑事；任命张德辉为从宜使，负责调集转运军粮。"

读完任命书，忽必烈抬高嗓门说："我赞成郝经先生的一句话，就是'我们要道济天下为己任'，不要空谈。今后，我要检查督查这些政策的落实。"

在察苾王妃的大帐中，王妃正同宝日玛一起做针线活。王妃对宝日玛说："姑娘啊，你光会使枪弄棒不行，作为妇女要学会做针线活，王爷和臣僚们就要下去视察了，他们穿坏的衣服，我们要给补好。"

"当官还没有好衣服穿？"宝日玛说。

王妃说："现在我们刚到这里，万事开头难，困难很多，大家的衣服都很少，穿坏了就要补。我现在补这件衣服，就是被称为'秀才'的赵璧的衣服。"

这时，尖嘴猴腮，用手捋着几根黄胡子的阿合马嬉皮笑脸地走进来，问王妃察苾："找我有事吗，尊敬的王妃？"

王妃说："王爷让你筹备修建开平幕府。"

"遵命！"阿合马一边答应，一边用狡猾诡诈的眼睛看了一眼宝日玛。

"这人是干什么的？"阿合马退出大帐后，宝日玛问。

"他是后勤总管，是我从娘家带来的色目人，是个理财能手，将来理财还得靠他。"察苾王妃说。

第二回　整治漠南扬美名

  为了体察民情，一天，忽必烈带领一班人马直奔京兆（西安）而来。一路上逃荒的人不少，由于忽必烈带的人都穿便装，人们也都不躲避。县城里冷冷清清。只是街中心围着一圈人，圈里有人在舞枪弄棒卖艺。舞枪卖艺的是五十来岁的老汉，在场子里收钱的小姑娘十五六岁。卖艺的汉子干瘪脸，短打扮；小姑娘虽然穿的很破，头上扎着红绳，倒也很伶俐，浓眉大眼，杏脸桃腮。
  忽必烈等人下马后站在人后边看热闹，只见汉子枪棒耍的很好，小姑娘嘴里不停地喊着："有钱的赏几个钱，无钱的赏赏掌声。"
  忽必烈长期生活在草原上，头一次看见街头卖艺的人，甚觉有趣，他又往场子里撒钱，又给鼓掌。

大家正看到兴头上，一伙官差赶到，冲进场子中先把卖艺的汉子拽住，为首的小官虎狼般的吼道："谁让你在街上耍枪弄棒，你这不是要教人造蒙古人的反吗？"

为官的说卖艺的人教人造反，卖艺的说只是为了赚几个钱糊口，互相争吵起来。官差打了卖艺老汉一个嘴巴，大声骂："这枪棒也是你们该要的吗？枪棒都要收缴归公的。"

卖艺的汉子说："我们河北人从古到今，都是玩棒棍的，哪个人不会武，还用我教吗？"

官兵不由分说，抓住卖艺人的手臂要绑走，并说要把小姑娘抓走当奴隶。围观的人都说这太无法无天了，就议论纷纷。

看到这里，忽必烈怒目而视，他让身边的安童去制止。安童走到官差的面前，指着他们的鼻子说："你们不能当街抓卖艺的，更不能随便抓奴隶，你们这样抓人，人们还怎么生活？"

官员看着穿着百姓衣服的安童，说："你是谁呀？你管这么多事。你小子少管事！不然，我连你也一起抓起来。"

几个官兵上来抓安童，被安童三拳两脚打得趴在地上，满脸青肿。

官差们耍动刀枪，安童拔剑在手，倒退一步说："要动武，我可就不客气了，赶快到你们达鲁花赤那里说理去。"官差一看身挎宝剑，谁也不敢动手，说："你们要造反，让我们达鲁花赤惩处你们。"

忽必烈的随员、卖艺的父女、看热闹的人和官差等一伙人奔达鲁花赤衙门而来。大家都想看看是怎么个结果。

到了当地达鲁花赤衙门，早有衙役给达鲁花赤通风报信。达鲁花赤升堂而坐，差官头头报达鲁花赤道："这老家伙在街头教人们造蒙古人的反，这个年轻人乱管闲事，还打伤我官兵，被我们一起抓来。快给大老爷下跪！"

卖艺人叩头便说："大老爷，我们父女俩不是要造反，我们只是卖艺。我们是邢州人，邢州人都会武艺。因官府要把我们农田改作牧场，我们没法生活，父女俩流落到此地，以卖艺为生混口饭吃，只求老爷放过我们父女俩。"

达鲁花赤把惊堂木一拍，在官案后大喊："你使枪弄棒，就是教人造反，抓你当奴隶你还不服！"又指着安童说："年轻人你乱管闲事，你不想活了是不是？"

达鲁花赤刚要让官兵打卖艺的老汉，安童大声喊："王爷在此，看哪个敢打人？"

达鲁花赤抬头一看，站在人群中相貌堂堂、威武无比的人正是忽必烈王爷，他忙下殿堂请王爷上坐，他在下面给王爷叩头，道："王爷在上，小人在下，请王爷恕我不迎之罪。"

忽必烈坐在台上，展眉厉色，目光如炬，望着厅下跪着的达鲁花赤和官兵，道："你们抓来的人并不是什么罪犯，他们并没有造反，他们是没饭吃的穷苦百姓，如果你们硬逼他们，他们可能要造反了。那时候，我们的江山，就会像金朝政权一样被推翻，成吉思汗统一中国的梦想就会成为泡影。"

达鲁花赤说："我们在执法，舞枪弄棒的人一律要抓。"

"你们在光天化日之下，抓卖艺的老百姓也是执法吗？"忽必烈指着达鲁花赤的鼻子说："设镇守官，是为了让你们维持社会秩序，不是让你们乘机欺压百姓，你们是执法犯法。你们把汉地老百姓的耕地改为牧场，他们靠什么活命？你们随便当街抓人当奴隶，这是成吉思汗法律所不允许的。"

达鲁花赤满脸流汗，惧怕地说："下官管教不严，下官有罪，下官一定惩罚这些士兵。"

忽必烈说："惩罚倒不必了，士兵违法可能是不懂法，属于我们教育不严，这是当官的错。你把他们爷俩放了，今天就算没事。今后再不许放任士兵去做欺压百姓的事。"

达鲁花赤诚惶诚恐，说："王爷不治下官的罪，下官定改不犯，下官茶宴侍候王爷！"

忽必烈道："茶宴倒不必了，我们还要到别处办事。"

衙门外，察苾王妃、宝日玛正在和被放开的卖艺的爷俩说话："你们爷俩回邢州吧，先给你们些钱做个小生意，你们邢州的土地很快就要退还给你们耕种。"

卖艺的老汉感动地说："遇见王爷这位大活菩萨使我们爷俩得救了，今后我的女儿的名字就改成蒙儿了，以证王爷搭救的大恩。"宝日玛牵着蒙儿小姑娘的手，两个漂亮姑娘像姐妹一样亲，宝日玛给蒙儿一些钱，蒙儿直给王爷、王妃和宝日玛叩头谢恩。

达鲁花赤走上前来，乞请王爷留下示训。

忽必烈道："该训的我也训了，该说的我也说了，只给你留下八个字：百姓的利益比天大！"

达鲁花赤千恩万谢："谢王爷，王爷千岁！"

忽必烈领着一伙人离开京兆，奔燕京而去。其时是深秋天气，王爷一伙人都骑着马，很快来到燕京地域。因为是私访，先在街上转了一圈，安顿了行李和住处之后，在街上小饭馆吃了顿便饭，顺便在饭馆了解了一下民情。

饭馆的跑堂的对安童说："你们没事千万不要在街上乱跑，听说昨天断事官杀了28人，今天断事官还要杀人，你们加点小心。"安童对忽必烈王爷说："听说今天断事官还要在衙门口审案，还要杀人。"忽必烈决定带大家去断事官衙门看一看。吃过饭后，大家骑马奔燕京断事官衙门而来。王爷领大家去断事官衙门，一是为了了解一下当地衙门办事的情况，二是为了认识一下燕京的断事官。忽必烈也不认识燕京断事官，听说此人来头不小，据说是蒙古大汗国汗廷某要员的亲戚，叫布知尔，办事极其霸道。

忽必烈等人来到断事官衙门外的广场上，只见人们把衙门门口围得水泄不通。王爷等随从人员把马拉到一边，步行来到人群后边。衙门外设了几条案，几个官员坐在桌案后边，两边是卫兵和刀斧手们。断事官布知尔走上来，满脸杀气，大黑胡子，满身酒气，两只眼睛如同牛眼一般，大声道："把偷马的人带上来！"

几个士兵把一个汉子五花大绑带到断事官面前跪下。断事官大声问："你就是偷马的王二楞吗？"

"回老爷，我是叫王二楞，可我不是偷马的。这马原来就是我家的耕马，你们说要把耕地变牧场，把我家的马给赶了去，说是要杀了吃肉。我趁黑夜把马牵回来，没有马我们拿什么耕田活命？所以，我不是盗马贼。"

布知尔说："你晚上把马牵回去，衙门里人不知道，这就是偷，你还有什么可说的！"

"我自家的耕马，我牵回来，这哪里叫偷？"王二楞不服。

"你跟我犟嘴，先打他二十大板。"

士兵们把王二楞按到地上打了二十大板。把王二楞打得哇哇直叫。

布知尔说："王二楞，你把马送回来，还要把你媳妇送来当奴隶，你听见没有。你没事了！"

王二楞从地上爬起来，大声喊："我冤呢！"一边喊，一边正要离去。这时，有个衙役跑上来对断事官布知尔说："大老爷，有人献给您一口宝刀，您看如何？"他把宝刀献给断事官布知尔。

布知尔怀疑地说："不知这刀是真宝刀，还是假宝刀？我们试试看。"你们把王二楞再抓回来，我要拿他试试这口宝刀的真假！"

衙役们飞跑过去，不一会就把被打得走路一瘸一拐的王二楞抓回来了，按在原来跪着的地方。断事官布知尔走下台阶手操宝刀奔王二楞而来，王二楞听说布知尔要杀他，睁大惊恐的眼睛大叫："为什么杀我？"

布知尔道："凭什么杀你，什么也不凭，就是用你的头试试这口宝刀是真是假。"说时迟，那时快，布知尔举宝刀直奔王二楞的脖子砍下来，就在宝刀要接近王二楞脖子时，布知尔"啊呀"一声惨叫，宝刀落地了。布知尔手腕中了一箭，右手血淋淋的，吓得众人都"啊"了一声。随着箭到刀落，宝日玛手持宝剑冲到布知尔面前，大喊一声："刀下留人。"

布知尔抖着血淋淋的双手说："有人劫法场！快给我抓刺客！"布知尔指挥衙役围上来同宝日玛厮杀起来，打了二十多个回合，由于衙役人多，宝日玛有点招架不住。这时，只见伯颜手持宝剑从人群中跳进场内，大喊一声："我来了！"衙役们一惊，抬头一看，只见一位相貌堂堂的魁梧大汉杀入人群中，宝日玛同伯颜只几个回合就把衙役们打得趴了一地。这时，布知尔已被这场面吓得脸发紫，魂飞天外，他大喊："快调兵，这里有人造反！"他想趁乱逃跑。随着"杀"的一声呐喊，四十多名王府的护卫把场子围了起来，忽必烈王爷府侍卫安童大声宣布："总领漠南的忽必烈王爷到！"

忽必烈虽然身穿便服，但气势雄伟，他健步如飞地来到布知尔面前，看着布知尔，布知尔吓得不住叩头，说："有失远迎，王爷！"

忽必烈说："布知尔，你昨天杀了28人，方才又要杀人，你这是违反了成吉思汗的大法！"

"我冒犯了王威，我知罪！"布知尔叩头如捣蒜。

忽必烈说:"你不是冒犯王威,你是无法无天、滥杀无辜而犯大罪。另外,你们抢百姓牛马要杀吃肉,这也是不对的。现在,牛马只能做耕地用,不能杀肉吃。"

"不行,杀马的事,下官不知道,只听我小舅子漠北汗廷副留守阿兰达儿说可以把耕地变成牧场,可以杀牛马吃肉。"布知尔辩白。

忽必烈生气地说:"燕京地区这么多人口,不耕地吃什么?现在,燕京和整个漠南归我管,今后就按我的政策办,今后一律不许变耕地为牧场,不许杀牛马吃肉。治理汉地要用汉地的办法。"

"下官知罪!"布知尔说。

忽必烈说:我先撤你的职,之后另派人担任燕京断事官。我先让人打你四十马鞭子。关于如何处置你,要报汗廷,所以,我先不杀你的头。"

"谢王爷不杀之恩!"

安童手下的护卫兵,上来打了布知尔四十马鞭子,抽得布知尔皮开肉绽。看见布知尔挨鞭打,围观众人不断叫好。

王二楞感激王爷,哭的昏了过去,众人把他唤醒,他不住地给已远去的王爷叩头。

邢州已经在脱兀脱、张耕、刘肃、赵良弼等官员领导下整治一年多了,听说邢州整治政绩突出,百姓安居乐业,忽必烈领一些人来邢州视察。他们的人马刚到邢州城里,就见一座冶铁的铁匠炉里冒着火苗,铁匠在热火朝天的打农具。忽必烈问伙计们说:"现在官府让你们种地了?"打铁的伙计们都高兴地抢着答:"现在的官府可好了,不改农田为牧场了,还鼓励我们种地,现在我们打的铁农具都供不上卖,现在的官府太好了,我们不愁吃了!"

忽必烈说:"先让你们有粮吃,粮多了卖钱,你们就有好日子过了。"

"看你老这样就像个当官的,而且是个好官。"一个打铁伙计说。

"你能看出我像个官?"忽必烈和大伙儿都笑了。

街里很热闹,卖什么东西的都有。忽必烈一伙人正在街里走着,街边一个饭馆里跑出来一个姑娘,她正是蒙儿。蒙儿在忽必烈一伙人中首先看见了宝日玛,她向人群中的宝日玛大喊:"宝日玛姐姐,你们来了!"宝日玛抬头一看,是蒙儿站在饭馆外。

"这是我家开的饭馆,请王爷到我们饭馆坐一坐。"

忽必烈领着大伙儿来到蒙儿家,蒙儿父亲见到王爷直叩头,蒙儿见到王妃和宝日玛高兴得直流泪。

忽必烈说:"蒙儿长成了大姑娘,你们家也富了!"

"多谢王爷的搭救之恩,王爷不光搭救了我家,也给百姓带来太多的福了,当地百姓都感谢王爷!"

宝日玛问蒙儿:"你们为什么来到这个城市?"蒙儿说:"我们听说王爷派官整治邢州,我们就回到了邢州。我们拿你们给我们的钱开了一个饭馆。现在百姓的日子可好过了,都是托王爷的福!"

蒙儿爷俩儿一边说,一边给大家倒茶。忽必烈边喝茶边问:"老百姓还有哪些不满意的地方?"

蒙儿爹说:"官府印制纸钞,满足了百姓贸易流通的方便,搭桥修路方便了百姓的通行,惩治了一些贪官恶吏也大快人心。当初流亡在外的乡亲们都携儿带女回家乡了。"

蒙儿爹一边说话一边做饭,他们爷俩非要留王爷在他家小饭馆吃顿饭。蒙儿家说是开的饭馆,实际上只有大饼和面条两样,大家吃起来格外香。蒙儿说:"本想给大家弄点肉吃,可现在弄不到牛肉,官府不让杀牛,说留着牛耕田用,这条政策真好。"

走时,安童要付饭钱,蒙儿说:"饭馆都是用你们给的钱开的,吃饭还用给钱,给饭钱我们心里不好受,千万别给钱!"

蒙儿和她父亲流着感激的泪,把王爷一伙人送出很远。蒙儿握着宝日玛的手一边走一边流泪,说:"宝姐姐,我也想当兵打仗。"宝日玛说:"有机会我会帮助你实现这个愿望。"

离开蒙儿小饭店,王爷带领大家直奔邢州安抚使官邸,他们很想见到安抚使张耕、刘肃和赵良弼等人。

安抚使官邸修的一色青砖瓦房,整洁、简单、井井有条。张耕等人欢天喜地地出来迎接忽必烈王爷。张耕说:"我们赶快给王爷、王妃设宴接风。"王爷说:"接风是小事,先说说你们这一年多都干了些什么工作。"

安抚使张耕说:"原来这里安抚使是脱兀脱,他现在升任断事官了。邢州原来是宋朝的信德府,金朝灭亡以后封给了蒙古万户。由于万户管军事不管吏事,这里社会被搞得很乱。百姓由于负担过重,被迫逃向北方,人口日渐削减。经过两年的整治,不少人返了乡,现在此地增至几万户人家。"

忽必烈说:"我们在来的路上,听到了百姓们说你们治理政绩很突出,口碑很好,这里到处都是老百姓安居乐业的好景象。你们在治理中有什么困难就提出来。"

安抚副使刘肃说:"邢州是刘秉忠和张文谦二位兄弟的家乡,你们可能常听邢州人反映情况。这里目前形式虽然较好,但是要想发生大的变化,还应该减轻人民负担。我们希望暂时免除百姓的赋税和徭役,等社会经济恢复以后,再交赋税和服劳役。

这时刘秉忠在旁插嘴道:"国不足,取于民;民不足,取于国,相须如鱼水。"

忽必烈说:"我们到处巡视,有些人只为自己说困难,你们能为百姓说话,反映百姓的疾苦,这才是好官。哪些官好,哪些官差,老百姓心里都记着呢!为老百姓说话的好官,多少年后老百姓也不会忘记他们。"

张耕说:"还有一事向王爷汇报,"他说话时环顾四方,特别看着王爷的脸,心中有顾虑。王爷说:"有话你尽管说。"张耕说:"脱兀脱是断事官,是我们的上级,又是蒙古族,有人反映他弄权纳贿,阻挠改革整治,下属敢怒不敢言。"

王爷听了生气地说:"我会马上调查治理此事,如果真是如此,不管是谁都要罢黜处理,你们放心。"

忽必烈又问:"怎么没听你们说鼓励儒生办学的事情啊,这件事你们办的怎么样了?"

安抚使幕僚长赵良弼回答:"我们在紫金山办了一个紫金山书院,请张文谦前来讲学。"

忽必烈急忙说:"好,我们这就到紫金山书院去,看看张文谦如何办学。"

紫金山书院,大宅院里有几排青砖瓦房,房新瓦亮,像个大花园。张文谦,夫子打扮,远远领着年龄不等的一群学生迎接王爷的到来。行跪拜礼之后,张文谦把大家引到厅里,张文谦介绍道:"这些读书人原来都是被当成奴隶的儒生,整治时都解放了他们,并把他们请到学校来读书。这所学校,既学文化，又学军事和农桑水利等。我们的老师除讲文化课的是专职的，其余老师都是临时来讲学的，我们还要请刘秉忠先生来给我们的学生上课。"刘秉忠高兴地答应来给学生们上课。

听到这里，忽必烈非常兴奋地说："这个学院办得好，既给学生打好文化基础知识，又分门别类地研究生产技术，我们将来搞生产建设，正需要各种人才。"

张文谦受到王爷的表扬，也很高兴，他指指学院的庭院说："今年我们打算在院子中间修一座孔子的塑像，让学生早晚给孔子的像行礼，举行拜礼仪式。"

忽必烈说："你们让学生尊孔这很好，治国必须用孔子的思想和道德教育大家。孔子思想中也有片面的地方，但那是个别的，我们不要学，我们要学他好的思想，学习他对社会进步有意义的思想。孔子思想中有那么多好的思想已经不简单了，一个人很难保证他说的话都是对的，尽管他是圣人。"

刘秉忠插话："孔子已经够伟大了，但也很难说他的思想都是对的。"

忽必烈说："你们有哪位学生比较突出！"

张文谦说："我们有一位同学叫郭守敬，他品学兼优。他祖父叫郭荣，学识渊博，不但通晓经书，对数学、天文、水利都有研究。郭守敬在他祖父影响下，对科学有兴趣，他时常自己研究一些水利、天文方面的学问。我去把他叫来，请他和王爷说一说。"

郭守敬被张文谦领到忽必烈面前，王爷一打量郭守敬，是个白面书生，中等身材，细瘦长脸，眼睛很大，很有神。

郭守敬给忽必烈行跪拜礼，王爷拉着他的手，把他扶起来。王爷问了他一些中国北方水利情况，他对答如流，还向王爷提出几条整治河流的措施。王爷听后，非常吃惊，他说："真乃才子。让这样有学问的人去办事，才不会像有些官吏只会摆架子不干实事。"

忽必烈评价郭守敬说："你是个有好品质有志向的人，对国家必有大用。"

忽必烈临走时对郭守敬说："你好好学习吧，过两年我就会提拔你担当大任。"

郭守敬感动得低头落泪，他想：遇到忽必烈王爷，自己一生不会白学，暗下决心今后一定好好学习，为国家发展贡献自己的才华。

第三回　元好问亲授大儒

经蒙哥大汗授意，河南也归忽必烈统治。也就是说，蒙古汗国长江以北的土地都归忽必烈统治了。长期的战争使百姓损失惨重，由于无法忍受蒙古贵族和汉族军阀、官吏，土豪的非法赋税、徭役的逼迫，没死于战争的百姓纷纷逃亡，农业遭到破坏，水利失修，农商凋零，社会经济遭到严重破坏，当时的情况正如当时大诗人元好问所说："只知何期生灵尽，破屋疏烟破万家。"这种情况在蒙古新征服的地区河南，特别是当时的汴梁（原金国的南京）地区表现的更为突出。为了改变这种状况，忽必烈决心用中华儒家之法整治河南等地。他请教郝经说："如何治理好中原？"郝经虽然年岁不算大，但很有政治见解，忽必烈很喜欢听他的高见，他为忽必烈献了不少治国良策。郝经根据中原的情况，稍加思索，回答："制度废，则纲纪亡；官制废，则政事亡，纪律废，则军政亡；守令废，则民政亡；财赋废，则国用亡。天下之器虽存，而其实则无有。"

忽必烈听了郝经的话，猛然清醒地认识到：河南属于蒙古最新征服的地区，而且又与下一个征服的对象南宋王朝的疆域相比邻。如果管制不健全，法度不严，纪律松弛，民生凋零，财粮不充实，中原还何在？河南又何在？统一中国就是一句空话。

忽必烈用儒生和儒家之法对邢州和河南以及整个中原的成功治理，受到了百姓、儒生及大夫们的广泛拥护和赞誉。

九月九日，金莲川幕府，风和日丽。对蒙古人来说，九月九日是个好日子，因为蒙古人崇九。在金莲川东，滦河之北，龙岗上的金莲川幕府开平府已经基本成形。真是"龙岗蟠其阴，滦河经其阳，四山拱卫，佳气葱郁"。为了庆祝整治漠南的胜利，开平府举行盛大庆典，府内大安宫甚美，其房舍内皆涂金，绘种种鸟兽花木，工巧之极，技术之佳，见之足以娱人心目。滦河的水哗哗流淌，金莲川幕府内的经幡飘飘，军号礼炮齐鸣，锣鼓喧天。蒙古骑兵列着整齐的队形站在中心大帐外。先是由忽必烈和官员们检阅马队，战士个个精神抖擞。

检阅完之后，人们回到大安宫，桌子上摆满了烤羊肉、羊背子、灌肠、奶酪、奶酒、炒米等丰盛的食物。

开席前，忽必烈、王妃领着众幕僚、官吏和王子们向宫墙上挂着的成吉思汗像行跪拜大礼，向成吉思汗像敬酒、上香。总侍卫长安童宣读颂词，赞扬成吉思汗的丰功伟业，祝忽必烈王爷领导大家整治漠南成绩显著。颂完词之后，忽必烈王爷向天向地都洒了酒，以示敬天敬地，也祝蒙哥汗万寿无疆！

拜祭之后，大家按职位落座，官员们统一穿蒙古官吏服装，大袖、盘领、右衽、紫罗袍，统一颜色。忽必烈头戴盔甲，上有红缨，身穿战袍，元帅打扮，只是在战袍外罩了一件无袖黄背心，上绣山、水、火。王爷坐在上座，坐在王爷右边的是察苾王妃。她头戴顾姑冠，身穿大红蒙古袍。

乐工们大吹大奏，乐停之后，忽必烈讲话，他说："这几年治理漠南，大家很辛苦，都很卖力气，也取得很大成效。但我们都没来得及庆祝一下。

今天，开平府修好了，我们趁九月九日，一是庆祝开平府建成，二是庆祝整治漠南取得胜利。今天，我们大家要尽情的欢乐。"

大安宫里，幕府的官员、谋士们都给王爷和王妃敬酒、祝福。这时，不知谁喊了一声"请宝日玛姑娘唱一首歌"，大家齐跟着呼应，欢呼喊叫。宝日玛一点都不怯场，她站起来，给大家施个礼之后，唱了一首赞歌。

宝日玛唱完歌，伯颜走出人群，他给大家跳了一个独舞，他像飞奔的骏马一样奔放灵活，眼睛里闪着光。

一曲歌曲，一巡酒，大安宫内热闹非常，这时安童来报告，说张德辉大人回来了。大家举目望去，只见风流儒雅的张德辉快步跨入大厅，他不拘礼法的只是向忽必烈一拱手，高兴地说："王爷，您看，我把人给您请来了！"顺着张德辉手指的方向，大家看见一位瘦骨嶙峋、不修边幅、超尘拔俗的老人走进大殿，他风度翩翩、落落大方地拜了一下忽必烈，说："亲王可好啊？"

忽必烈心想：这是何人，如此不凡？他正怔着，不知如何回答，只听张德辉指着来人介绍："这位就是当代最著名的诗词家，元好问先生。"听到"元好问"三个字，大家都肃然起敬。忽必烈从座上起来，走下台阶迎上去，握住元好问的手，热情地说："不知先生来临，有失远迎，快请上座！"他拉着元好问的手让他并列坐下。

忽必烈说："您是当代最有名的诗人，您的光临真让我的新王府满堂生辉啊！"。

元好问兴奋地说："我从万户侯张柔处来，他说您新建了王府，要开庆典，我就特来祝贺。另外，我早就有意拜会王爷。"

忽必烈说："知道先生有来意，我会派人去接您的。您能来王府，我们感到特别高兴。"

"我只会写几句诗词，王爷可是大有为于天下之人，您这是大智慧。"元好问诚恳地说。

"我能做点事情，也是靠这些有学问的人帮助的结果。"忽必烈说。

元好问说："王爷把中原的著名学者都集中到王爷旗下，并能礼贤下士，请他们成为您的幕僚谋士，这集中的不光是人，而是大智慧的集中。把大智慧集中起来的人更是大智慧。您等于读了天下的书，见了天下的贤人。"

"要说大智慧，这大智慧还是来自儒家，儒家是中华文化的主体，只有热心学习儒家文化，才能大有为于天下，而儒士是中华文化的传播者，只有用儒家的思想治国平天下，天下才能长治久安。"忽必烈说。

"王爷用儒家思想治漠南，漠南这几年发展的太快了，变化太大了。我曾为此写过这样几句话——山高水出，山河改，整治风来，草木醒。"元好问说。

忽必烈说："先生的话中有真理，有远见，听了让人长志气。先生赞扬我用儒家智慧，我的同族蒙古人认为用的是汉法治天下，是背叛了老祖宗，先生您怎么看这个问题？"

元好问回答："我认为您不是用汉族之法治理的漠南。你使用的是中华民族之法，用儒家之法治理的漠南。您所用的儒家里，既有汉族，也有金人，既有蒙古人，也有色目人、契丹人。您用的办法里，包含了中华各民族人的智慧，您用的办法和治理方式，既有宋朝的，也有金朝和西辽、西夏的。儒家思想并不是汉族一族的思想，而是以孔子为代表的中华各族人民几千年积累的智慧结晶。那种说您用汉法治理漠南的说法是片面的，也不合乎实际。那是一种狭隘的民族观点。孔子为代表的儒家的思想之所以被中华各族所用，是因为它本身对各族都具有吸引力。儒家思想的主要内容是'仁'。它是儒家思想的核心，'仁'的标准是'礼'，只有按礼的规定办事，才能称得上'仁'。其次是'德'和'孝'，也就是德治，这种思想能调整各阶层关系，达到长治久安的作用。"

"真不愧为儒学大家，对儒学真有研究。"忽必烈一边佩服地说，一边给元好问敬酒。这时，张德辉把元好问的身份向大家作了简单介绍。

元好问，北魏鲜卑族拓跋氏后裔，汉姓元，其父元德明累举不第，放浪山水间，喜爱杜诗，推崇苏轼。元好问过继给其叔父元格为子。元好问20岁之前，是潜心学业阶段；20岁之后的11年间是他创造成熟阶段，他这个时期写的《论诗三十首》在文学批评史上有重要意义和地位。

元好问32岁登金朝进士第，35岁成为国史院编修官，37岁为镇平令，38岁为内乡令，42岁任南阳令和尚书省令使，43岁为左司都事。后来，蒙古攻入汴京，元好问在生死存亡之际，向蒙古国中书令（丞相）耶律楚材进言，写了《寄中书耶律楚材公书》。这一惊世骇俗之举，证明了元好问的高瞻远瞩，见识超群，也为挽救中原文化做了一大贡献。在信中向耶律楚材丞相推荐了文士五十多人，请求保护任用。同时，这封信，也使避兵于汴京的140万户百姓皆得保全。在行仁政、倡儒道这方面，元好问同主张"礼乐中原"的耶律楚材主张相同。金国亡后的二十余年中，元好问长期奔波于鲁、豫、冀、晋一带，一直鼓吹兴办国学儒学。元好问认为蒙古统治中原应兴儒学，儒学是国学。元好问以62岁高龄长途跋涉来到金莲川幕府，就是仰慕忽必烈行仁政、兴儒学。

忽必烈听到元好问先生的所作所为和他的身份背景，更加心悦诚服，说："有您老人家这样德高望重人物的支持，我崇儒学、行仁政的身板就更硬了，我愿读儒家书，不怕冷风吹得脊背寒。"

忽必烈兴奋地举起酒杯敬元好问一杯酒，说："今天我们请您老人家多喝几杯酒，大家高兴高兴。我感谢张德辉把您老人家请到本府来。如果有时间，我要拜读您的1380首诗词。"

元好问回答："王爷日理万机，还要读我的诗，我真感动至极。听说王爷好读书，读书好啊，读书可以使人聪明，给人光明和乐趣。"

元好问很兴奋地说："我此次来府上，除了祝贺您整治漠南成功外，还给您送来一块大匾。"

这时，张德辉把一块大金匾拿上来，放在桌案上，匾上写着五个大字，"儒教大宗师"。忽必烈忙站起身来，恭敬地给元好问施一个礼说："先生是闻名遐迩的大儒家，您才称得起儒家宗师。给我此匾，我真有点受不起，真有些惭愧。"

刘秉忠和张德辉等儒家都上前来说："王爷不必谦虚，王爷称得起尊儒的楷模和儒学大师，您不但能学儒学，还能行儒学之道，施仁布德，奉为大师名实兼备。"

元好问说："在用中读书，更可贵，因为经验是最好的先生，王爷学儒学用儒学，称得起儒学大师。"于是，大家动手把匾挂起来。

忽必烈对元好问说："先生留下来，同我们一起治理漠南吧！"

元好问诚恳地说："我今年已经快63岁了，头昏眼花。况且，我是一个闲云野鹤自由来去之人，不能再为王爷出力了，只请王爷答应我一件事！"

忽必烈王爷道："先生，请讲！"

元好问说："我不想看儒生受罪，可否免除儒生的兵赋？他们是治国的财富，知识比黄金还重要。"

忽必烈抬头看看刘秉忠说："秉忠，我认为先生提的有道理，什么时候也不能亏了有知识的人，你看是否把儒生的兵役赋税免掉？"

刘秉忠马上说："我看可以，请王爷马上定夺！"

忽必烈当场宣布说："从今日起，漠南儒生的兵役赋税一律免除！"大家鼓掌！

元好问大声说："王爷此举，刻骨铭心，我代表所有儒生谢谢王爷大恩大德！"

"先生，我也有一个要求，既然您不愿留下，那么，在您走前，给我们留下几个字吧！"忽必烈说。

元好问说："好，那我也不客气了，拿笔砚来！"

忽必烈吩咐伯颜拿来笔墨纸砚，元好问放下筷箸，抬头一想，词句油然而生，他抓起笔"唰唰"写成几个大字，大家齐观，只见他写出的几个字是——"江山如画里，人物更风流。"

大家为元好问的题字鼓掌，拍手称快，齐声念"江山如画里，人物更风流"。忽必烈为元好问举杯送行。

从大摆筵席庆祝漠南整治成功之时，漠南人人欢笑，面带喜色，唯有幕僚姚枢心事重重，沉默寡言，心神不安。忽必烈觉得奇怪，说："姚先生，庆祝漠南整治顺利，大家都欢欣喜庆，你却默默无声，心事重重，这是为何？"

姚枢说："我忧心忡忡，可能有点杞人忧天了。我觉得我们眼下不能高枕无忧。因为我们漠南土地这么广阔，人民生活得也很好，财富又这么充实，谁能和咱们中原相比。漠南有了强大的军队，财富又非常充实，土地又这么广，漠北根本无法与漠南相比。在我们得意之时，难免漠北汗廷没有什么想法。汗廷一定会把漠南夺回去，关于这一点，王爷应该心中有数才对。"

忽必烈听姚枢一说，很激动，他说："我对汗兄是赤诚忠心，别无二心的，这一点他应该是清楚的。"

姚枢说："应该看到事情的变化，预测未来。就是大汗对您没什么想法，也难免他身边的人对您没想法。他身边那么多人，不可能没有这种想法。"

忽必烈听了姚枢一席话，如醍醐灌顶，茅塞顿开，深知自己虑所未及，没有想那么远，他问姚枢："先生真有先见之明，当务之急该怎么办？"

姚枢说："目前，当务之急是您上奏大汗，说您精力有限，只能管军队，不能管地方政治，把您的权力缩小到管军。您的权力小了，汗廷对您就放心了，您就可以扩大军事力量，更好地掌握军队。有了军队，就可以长风破浪。"

姚枢一席话，说到忽必烈心里去了，他紧张的心情放下了，如释重负，他情不自禁的说："谢谢先生一席话，真如天旱来了及时雨，我马上向大汗上奏。"

事后，忽必烈以姚枢之计上奏汗廷削去他治理地方的权力，大汗准奏，大汗高兴——忽必烈之后只管为汗廷打仗了。忽必烈在管理军队方面历练一下，也为他在总领漠南干一番事业带来空前宝贵的机会，更为他承担更大军事任务提供了条件。

第四回　剑火洗礼征云南

  蒙古大汗命其弟忽必烈总领漠南，其目的是让他经营整个南部中国，而让其三弟旭烈兀镇守西域并征服阿拉伯各国。也就是说，他派二弟三弟控制帝国的两翼，而他和四弟阿里不哥居漠北。但十年来，蒙古军没能统一南中国。因为进攻南宋时，都在四川和江淮受到顽强的抵抗，向南用兵举步维艰。要想攻打南宋最好的作战方案是从西南包抄夹攻南宋控制的长江中游区域，这样就应从云南大理国开这个头。段氏大理国主要经营控制云南,也包括四川、缅甸等一些地区，大理国雄踞西南已经有三百多年历史。当时的大理国国王段兴智孱弱，大臣高祥专权，国势一年不如一年，日衰月落，这正是包抄灭亡大理段氏王朝的大好机会。而且，此时与云南相邻的西藏已在大蒙古国控制范围之内，归顺了汗国。乌思藏也被称为吐蕃，因为它曾是吐蕃王国。窝阔台汗次子阔端王于1239年派部队进驻乌思藏。1249年，又召请吐蕃藏传佛教萨伽派第四代祖师萨迦班智达，之后，萨迦班智达又劝吐蕃俗僧各领主归降蒙古。从此，西藏成为蒙古大汗帝国的一部分，也就是成为中国领土的一部分。所以，蒙哥汗决定利用这个大好时机征服大理国，从西南夹击南宋。

1252年，农历六月，蒙哥汗授权其弟忽必烈率10万大军远征大理国。全军军事由成吉思汗"四虎"之一的速不台之子——大将兀良合台节制管理，忽必烈居上统辖。速不台曾是蒙古国开国功臣之一，是成吉思汗的忠实战友。他随成吉思汗统一漠北后，又随成吉思汗攻打金国。1219年，速不台随成吉思汗西征，他们征服了花剌子模，之后进攻过波斯（今伊朗）、阿塞拜僵、格鲁吉亚、钦察、阿速、俄罗斯、基辅、匈牙利，曾创造过闻名世界的战绩。他的儿子兀良合台、孙子阿速都是蒙古帝国名将。这次征大理，让兀良合台统管军队，可见蒙哥汗对这次出征的重视。对忽必烈来说，这也是他总领漠南后承担的第一项重大任务，也是他建功立业的好机会。

忽必烈接受征大理的旨令的当晚，举行了一次盛大的宴会，款待随军出征的将士、幕僚等。这次随同忽必烈远征大理的幕僚有刘秉忠、姚枢、张文谦、廉希宪等。董文用、董文忠兄弟负责筹备粮草，赞襄军务；其兄董文炳自率义士46人尾随远征军之后，以表示支持忽必烈远征大理、统一中国之举。忽必烈闻知此事后特别高兴，并褒奖了这些人员。

远征之事虽忙，忽必烈还是惦念教育子女的问题，临行前他特意把原由姚枢承担教育子女的任务交给了窦默负责。忽必烈告诉窦默，要严格要求真金等子女，要他们不要贪玩，认真读圣贤书，回来他要检查的。孩子们跪在忽必烈面前，表示一定听师傅的话。

在出征前的宴会上，大家热烈讨论出征的事情。忽必烈敬姚枢一杯酒，说："姚教授对于出征大理有什么要说的话吗？请赐教。"

姚枢沉吟了好一会，趁机对忽必烈说："赐教不敢当。我可以讲宋太祖遣大将曹彬攻取南唐时未曾杀一个人的故事。我请王爷征云南大理时，也学习曹彬。"

忽必烈沉默良久，自言自语地说，"战争不可能不死人，但是做到少杀人是可以，这一点请教授放心。"

第二天清晨上路，忽必烈在马上兴奋地对姚枢说："姚教授，昨天晚上你讲的曹彬的故事，我能做到，我能为之。"

姚枢在马上高兴地说："王爷千岁！"

1252年农历十二月，忽必烈率10万大军，浩浩荡荡二十余里渡黄河。战士、马匹在寒冷的冰河中淌过。沿途又缺乏食物，军队生活十分艰苦。

1253年初春，大军经原西夏盐、夏二州。四月初出萧州，于六盘山驻军。看到远征军吃苦，京兆人很同情。该县人氏贺贲修建房屋时，从毁坏墙垣中获白银7500两，他将其中5000两献给忽必烈，以勖其军。忽必烈深深记下了民众的体贴之情，他不但当时重用了贺贲及其子贺仁杰，据记载，20年后一日，已是皇帝的忽必烈将贺仁杰招至御榻前，拿出白银5000两给他，并对他说："此汝父六盘山所献，同汝母亲，可持此金归养。"贺仁杰不收，忽必烈不允。体现了忽必烈重信誉的人情味。

1253年农历八月，忽必烈大军兵分三路，兀良合台率西路军，诸王抄合、也只烈率东路军，忽必烈率中路军。因为当时四川东南大部分地区还被南宋控制，三路蒙古兵只能从藏区东部人迹罕至的地区绕道而行，路上泥泞难行，部队进军缓慢。

路过川藏大雪山时，山路弯曲盘旋，雪深三尺，人们都要在雪中下马步行艰难行走。忽必烈脚被冻坏，患脚疾，脚背肿的很大，皮肉红鲜鲜的。忽必烈顶着侵骨的寒风咬紧牙关行走，实在走不动时才允许卫士郑鼎背着他在风天雪地里跋涉。如果地上的冰雪浅了，忽必烈就扶着马背走。他把书放在马背上，一边走，一边向姚枢请教《孙子兵法》和治国的学问。

1253年农历十月，蒙古大军渡过大渡河，大军所走的山路两边都是峡谷峭壁。在两千多公里的路程里，忽必烈所率部队一直走在大队人马的前面。他用天险来考验自己的意志，用毅力战胜路上的千难万险。姚枢的马很疲，人骑上去马就走不动了，雪山草地他都是徒步走过来的。姚枢跟在忽必烈身边，一边走一边谈论学问。

忽必烈问姚枢："《孙子兵法》说'不可胜者，守也；可胜者，攻也'，你看按《孙子兵法》的意思，我们攻打云南大理的方略对吗？"

姚枢充满信心回答:"我们具备必胜的条件,攻是对的,请王爷放心。"

忽必烈说:"教授这么说,我就有信心了。我不怕雪雨、冰封的考验,我就怕没有信心。"

路难行,求胜者心盛,随同忽必烈行进在崎岖路上号称长春散人的刘秉忠用诗句形容这段路的艰难:"芜寒风土人皆怆,险恶关山鸟亦愁。"不少军人和马匹病死在恶劣的路程上。

蒙古大军行至金沙江畔,忽必烈指挥军队用毛皮筏和竹筏强渡过金沙江。忽必烈无限感慨的骑马站在江边的巨石之上,他俯视将士们在波涛汹涌的金沙江中与激浪搏斗。宁视良久,感慨万千,经战士提醒,他才策马前行。他坚信,坚持就会成功。

蒙古大军渡过金沙江后,已入大理境内,金沙江两岸一些抵抗的村寨被大军攻下。到达丽江之后,当地纳西首领不抵抗强大的蒙古军队,不少村寨纷纷前来请降。

1253年冬农历十二月,忽必烈率中军来到大理城下,围攻大理城。就在忽必烈围攻大理城后,兀良合台率领的西路军也来到大理城下。他们在来到大理城前就攻下了龙首关,扫清了大理城的外围。

大理城相当坚固,易守难攻。因为大理城倚苍山、傍洱海,依靠得天独厚的地理条件,所以很难攻克。根据成吉思汗的军事策略,每攻城之前,必先礼后兵。于是,忽必烈先派玉律术、王君候、王鉴为使者,劝说大理国归降。但使者去后,有去无回,杳无音信,有悖常理。忽必烈十分愤怒。

大理国之王段兴智和权臣高祥出城和蒙古兵背城一战,结果很快被蒙古兵打败。

忽必烈登上点苍山,亲自指挥蒙古大军攻城,先是由火炮和火箭攻破城池,后来是士兵乘云梯登城,战斗进行的非常激烈,掩护战士攻城的箭枝如下雨一般密集。当夜,大理守军经不住蒙军的强烈的攻击,溃败回城里。忽必烈指挥大军乘势攻下大理城,国王段兴智和高祥率众逃跑。忽必烈命令大将也古领兵追击,将高祥擒杀于姚州。

大军入城后,忽必烈命令搜集大理国图籍资料,并派人到处寻找派出的三名使者。搜访之后,发现三名使者的尸体。哀痛之后,忽必烈命令姚枢撰文致祭，以表哀思并抚恤死者家属。

大理国杀害了派去的三名招降使者，引起了蒙古全军将士的复仇之情，战士们强烈要求屠城。忽必烈也对这件事非常的痛心和愤怒，他要求破城之后屠城，为使者报仇泄愤。后经刘秉忠、张文谦、姚枢等人劝说："杀使拒命者，其国主尔，非民之罪。"忽必烈接受了他们的意见，特免去杀戮。

忽必烈还让姚枢把止杀之命令写在所带绢帛之上，公布于街市。这样，蒙古士兵入城后不敢杀人和抢掠财物，大理城中百姓身家性命及家财得到了保全。人民都奔走相告。大理城方圆百里，商业铺面照常营业，人流熙攘，铺面上摆着大理的特产，如毛制品、大理钢刀、精致的皮毡和甲胄等。

夺取大理城之后，为了庆祝胜利，蒙古大军举行了晚宴，以庆祝破城之胜利。晚宴上，酒肉飘香，大家很长时间没有吃到肉喝到酒了。在战争期间，忽必烈同战士一样过艰苦日子，不喝酒吃肉。晚宴上，刘秉忠很尽兴，面带喜色，兴奋的站起来作了一首诗《南下诏》，以庆祝破大理城。诗中写到：

天王号令似迅雷，百里长城四合围。

龙尾关前几作戏，虎贲阵上象军威。

开疆孤矢无人敌，空壁蛮酋何处归？

南诏江山皆我有，新民日月再光辉。

宴会上，廉希宪等起座举杯祝忽必烈取得攻打大理的大捷，忽必烈喝了大家敬的酒，却面带悲愤地说："虽然我们取得了胜利，但我却高兴不起来，因为我们在征服大理国的过程中付出的代价太大了。由于过雪山、大渡河和金沙江，在那恶劣的潮湿条件下，我们损失太大了，我率领的10万人马，现在只剩两万多了，损失马匹40万匹。你们说，我还能高兴起来吗？统一中国，说起来容易，办起来太难了。"说完，忽必烈泪如雨下。

张文谦说："王爷脚也肿的很厉害。"

忽必烈说："我是脚伤得厉害，但我还活着，我8万将士把性命都丢在征服大理国的征程中，想到此事，我的心就痛。"

这时，姚枢严肃地说："战争付出的代价虽然很大，但意义也很大，它使云南大理国从此纳入蒙古王国直接统治之下。同时也加强了云南新民与蒙古、汉人及其它民族的联系，促进了多民族统一国家的发展壮大。"有的话，姚枢没有当面说，但他心里想：这场战争对忽必烈来说，也是一场剑与火的考验。

姚枢一席话，扭转了忽必烈的悲观情绪，他又变得兴奋起来，他说："是啊，这场战争虽然损失很大，但意义也很大。姚教授，为了纪念这场战争的胜利，那就由你在点苍山崖上镌刻'平南碑'，以示纪念这个有意义的事件。"

这时，侍卫官跑来报告："报告王爷，大理国王段兴智已被我军从寨子里抓来，他要见王爷，请王爷指示发落！"

忽必烈一听到"段兴智"三个字，嫉恶如仇，他想起三位被段兴智杀死的使者，恨得咬牙切齿，他站起身来，把杯子摔在地上，果断地说："我不见这个无道的昏君，把他押到哈剌和林，让大汗处置他吧！"

段兴智在哈拉和林入觐蒙哥大汗，蒙哥大汗没有治他的罪，他表示愿意协助蒙古汗国在征南全境过程中立功赎罪。段兴智率领 500 嫔妃和两百多公子公主又回到大理，甘愿称臣。

历时三年，远征大理国的战争结束，忽必烈随师北返。他只率领几千兵返回漠南，留下近万官兵由兀良合台统兵戍守，又命刘时中为宣抚使经略统治云南。

第五回　向龙借地建开平

　　金莲川幕府，远征归来的忽必烈坐在王榻上，察苾王妃坐在他的对面，为他受伤的脚上药，看着被风吹雨打晒黑了的忽必烈而心痛。察苾用虎皮盖上忽必烈受伤的脚，心痛地说："脚都肿成这样了，还远征几千里去打仗，真是让我心痛。"忽必烈看着妻子为自己落泪，心里也很悲伤。正在这时，刘秉忠、廉希宪、姚枢、安童、伯颜等几个人走进来，他们给王爷施完礼后站在一旁。

　　"快请坐下吧，这次征云南，你们也很辛苦。"忽必烈热情地招呼大家。

　　"王爷更辛苦，您的脚疾如何？"姚枢这一问，大家上前观看，王爷把脚从虎皮里拿出来，大家一看王爷的脚肿得很高。廉希宪自责地说："都怨我们，没照顾好王爷。"

忽必烈说:"你们比我更苦,我还要感激大家同我一起吃苦受罪。"

察苾王妃说:"宝日玛快给大家倒茶,你们都是大功臣,王爷一辈子也不会忘记你们的好处,你们是同他同甘共苦的好兄弟。"

宝日玛为大家敬茶,当敬到伯颜时,她不好意思的把头低下,伯颜也心里发慌,伯颜惶恐的接过姑娘递过来的茶杯,心里"砰砰"乱跳。

忽必烈危襟正坐,面部严肃地问:"听说从云南远征回来,大家有很多意见,大家都有些什么想法,不妨向我说一说。"

大家你看看我,我看看他,都不好意思说。安童看大家都不好意思说,就说:"我们刚定居不久,运输条件不好,生活条件差点,大家都可以理解,也就将就了。但是,长期条件这么差,久居无定所,大家很有意见。"

廉希宪接安童的话说:"一般情况下,不出征时我们住在金莲川,有时住不下还要有一部分人住在六盘山;冬季则要临时找避寒风的地方住,生活实在太难了。"

姚枢说:"战争对这些地方造成很大破坏,居民逃亡,人烟稀少,在这种条件下人们无法过定居的生活。蒙古人长期居住在蒙古包中,养成了冬夏迁居的游牧生活习惯,但汉人总是过这种居无定所的生活可就受不了啦。"

廉希宪说:"这几年汉军比例越来越大,跟蒙古军比例差不多。汉军,特别是幕府中的诸位汉族大人,还过不惯居无定所的游牧生活,希望有一个稳定的住所生活。"

安童说:"我祖父木华黎经营漠南、辽东、辽西多年,州、府、县都修起了衙门。"

忽必烈看见刘秉忠半天没说话,他看一眼刘秉忠希望听听他的意见。

刘秉忠沉思良久,慢慢地说:"我们来漠南三年多了,漠南百姓是定居的,那么,治理管辖漠南的王爷府应该建一座城。否则,也会影响办事和治军的效率。我的想法和建议是要建一座新城。"

忽必烈和察苾王妃听了刘秉忠的话,十分兴奋,眼睛充满了希望,好像一座新城就在眼前,眼睛里放出希望之光。兴奋的王爷转头向姚枢说:"教授看如何定夺?"

姚枢说:"执掌漠南这么大的军事王爷府,建一座新城是理所当然的,这对镇守漠南十分必要。"

忽必烈激动地看了王妃察苾一眼，兴奋地说："我看可以建开平城，现在就可以筹备建城了。快让赵壁向汗廷蒙哥汗兄撰文请示批准。我看批准没有问题。"

忽必烈又对刘秉忠说："秉忠，你快点做出建城的计划，也方便大家讨论。"

刘秉忠说："请王爷放心，我会以最快的速度做出建城计划，一定选个好地址。"这也是刘秉忠大展才能的好机会。

察苾说："修城之事，我看还是请示汗廷之后再动手为好！"

"你说得对，还是等批示下来再动手吧。"忽必烈用佩服的眼光看了察苾一眼，他佩服察苾办事一直都那么谨慎。大家也都认为王妃说得对，先请示再办事，免得生出是非。

修城堡的批示终于下来了，大汗同意忽必烈在漠南修一座新城。

忽必烈对刘秉忠说："人们都说秉忠先生有学问，您真是学识渊博。现在建新城的事就由您来筹划。您要钱、要物、要人您就说，我会满足您的。由阿合马供应物资。"

王爷征求王妃的意见，察苾王妃只说："城要建好，但也要节约，别浪费人财物。"

刘秉忠说："王妃说得对，有些东西，简约也是一种美。"

几个月后的一天，忽必烈帐殿之内。一张大长桌案上，放着刘秉忠的《开平王爷府五行八卦方位设计图》，他正在向忽必烈等汇报设计图纸。新城规模图跃然纸上，刘秉忠指着设计图给大家讲解，他说："根据中华传统的文化思想，开平城要建成正方形。外城之墙由黄土砌成，内城为砖瓦建筑。外墙北面为园林区。府城南北各有一门，东西各有两门。内城位于外城墙内的东南方向，也呈正方形。城东西、南北各二里宽。内城的东、南墙是外城东南墙的一部分。内城外墙里边是黄土，表层则是由青瓦砌成，非常美观。墙身高三丈，底宽四丈，府城四角有保卫城里安全的高大角楼。城内的宫阁殿式样模仿历代城市建筑。城内街道规划笔直，东西南北各城门相对。"说到此，刘秉忠已是满头大汗，大家齐声说刘秉忠设计的好。

刘秉忠接着说："城内街道两旁有贵族区、外宾区、百姓居住区和商务区，城边有寺庙道观区，城外有狩猎区。总之，官、兵、民都可以在本城居住。"大家对刘秉忠考虑的这么周到赞不绝口。

一天上午，忽必烈及王妃率领众王府官员骑马来龙岗现场勘查建城的地形，他们站在岗上四处眺望，觉得龙岗便于王爷赴和林"会朝展亲,奉贡述职"，又有利于对华北及中原地区就近控制，特别是符合这个藩王总领漠南统治的需要。

勘查完龙岗之后，忽必烈当场决定刘秉忠为修开平城总指挥，阿合马负责供应物资材料。刘秉忠又选了董文炳、贾居真、谢仲温三人协作监理。

开平城修建用了三年时间。

刘秉忠在工地监理，带领工匠、民工、战士精心施工，第一年修建殿宫，第二年修建府城，第三年修建园林和装饰殿室。很多木料砖石都是用拆旧房子时拆下来的旧材料再利用。忽必烈认为建房子既要建好，又不能太奢侈，他向成吉思汗爷爷学习，不贪图享乐，过俭朴生活，不脱离百姓。所以，他要求刘秉忠修城时要"返朴还淳，去奢从简。"

一天天气晴朗，万里无云。刘秉忠引领忽必烈、王妃、王爷府的臣僚及将士们来验收新城。城墙是红的，地面是青砖砌成的。城内的宏伟建筑富丽堂皇。大家站在城墙角楼上向下眺望，只见城里城外，美丽的景色尽收眼底。

刘秉忠对大家讲解说："开平府不但是建筑美丽壮观，而且，它的建筑是按北水、南火、西金、东木、中土五行设计图来建筑的。开平城是龙岗蟠其阴，滦河经其阳，四山拱卫，佳气葱郁。从战略上来说，开平府位于蒙古草原的南缘，地处战略要冲。它北连大漠，便于与汗廷哈剌合林保持联系；南向中原，便于掌控整个漠南。它是草原帝国向中原王朝转移的阶梯。"

忽必烈指着新城，高兴地对大家说："开平城建成以后，我们全体幕府人员和官兵及一部分百姓就可以住进新城了，今后我们将为'大有为于天下'做更多的事情。"正如忽必烈所说，开平府迎来了春天，漠南、漠北的一些有识之士纷纷投奔忽必烈的开平王爷府。开平兴隆起来了，也引起了一些人眼红。

　　开平藩王府城的兴建震动了蒙古朝野，成为漠南地区老百姓传说的大事。由于建城时对一些低洼地实行淘水填平工程，由此传出许多忽必烈向"龙"借地建城的传说，并传出谁向"龙"借地日后谁就是皇帝之说。这一传说，悄然地也传到了漠北的大汗廷。

第六回　暗流涌动避钩考

  正当忽必烈一帮人准备在新建的藩王府整顿兵马、充实财赋大干一场的时候，在漠北的哈剌和林却有几双眼睛盯着他。

  在漠北哈剌和林蒙哥汗四弟阿里不哥的大帐里，阿里不哥和他的几个心腹在饮酒闲谈。他们是蒙古汗廷右丞相兼和林副留守阿兰达儿、政府大臣参知政事刘太平和在燕京被忽必烈打了四十鞭子并罢了官的原燕京判事官布知尔，布知尔是阿兰达儿的姐夫。阿兰达儿长得尖嘴猴腮，穿着宽大的蒙古紫袍。刘太平则长得肥头大耳，壮的像头牛，大脸上长着一双牛眼睛。

  布知尔含着笑，给半卧在椅子上的大胖子阿里不哥装一袋烟递过去，他对阿里不哥说："王爷，我这官被忽必烈给罢了，我还挨了四十马鞭子，您说我屈不屈？这几年我也忘不了这件事。"

阿里不哥一边吸烟，咳嗽几声说："屈你倒不屈，大汗也不允许随便杀人。不过，忽必烈应该给你小舅子阿兰达儿一个面子，放过你。"

阿兰达儿对阿里不哥说："我的面子他不给，恐怕他连您王爷的面子也不会给了。现在的忽必烈不比过去了，他修了王爷府，把您这个弟弟也不放在眼里了。"

阿里不哥不服气的说："他不把我这个弟弟放在眼里可以，难道他连长兄蒙哥大汗也不放在眼里了吗？"。

刘太平说："布知尔挨打事小，漠南王府这几年花销越来越大是大事，有人可能私吞国家财产，断了汗廷的财路。"

阿兰达儿说："阿里不哥王爷，他们断了大汗廷的财路，修了那么好的王府，您应该把此事报告给大汗。否则，大汗越来越重视他而忽略你了。"。

"我不敢轻易说我二哥忽必烈的坏话，大哥蒙哥汗以为我嫉妒二哥忽必烈能文能武并且立了很多战功。我说二哥不好，大哥会批评我的。"阿里不哥想敷衍过去，他不想同二哥忽必烈惹起是非。阿兰达儿却缠着他不放，又说："四王爷，您什么事也不管，大汗会看不起您的，您不能指挥打仗，您还不能为大汗看家吗？财税被下面截留，今后大汗廷的开支怎么办？这事是您应该管的，也不但是为整您二哥，他下面很多汉人为他出坏点子。"

阿里不哥说："你们可以把情况反映给大汗，看大汗的想法，我是不敢轻易在我大哥面前说我二哥的坏话，告他的私状。"

刘太平一看说不动阿里不哥，站起来说："众人拾柴火焰高，我们一起去找蒙哥汗，让他对开平府提高警惕。如果有一天让漠南腰板硬了，再想管就难了。一旦被漠南掌了权，别说我们这几个外姓人要完蛋，您作为他的弟弟也不会有好果子吃，兄弟为争位，互相残杀的例子可不少！"

阿里不哥生气地说："好了，别说了，我们一起到大汗那里说明情况，看大汗怎么办吧！"

夕阳西下，蒙古汗廷大宫殿沐浴在血红的夕阳下。宫内，蒙古国大汗蒙哥汗挺着虚弱的身子在御榻上半坐半躺，他穿着整齐的龙袍，头上戴着高高的皇冠，腰系玉带，宽大的龙袍穿在他身上显得他很威严。蒙哥虽是四十几岁的人,但由于终日操心而形销骨立。1235年,蒙哥与拔都、贵由等率师西征,打败了钦察部、征服了俄罗斯中部和南部大部分城市。贵由汗去世后,其伯父术赤后王拔都等不顾窝阔台系后王的反对,在其母唆鲁禾帖尼策划下,在忽必烈、旭烈兀等帮助下,拥戴蒙哥即了大蒙古帝国汗位。即位后,蒙哥委任忽必烈统治漠南,没收了前朝滥发的牌符、诏旨文书,加强了税收管理,又派使者远征高丽等。军政事物的繁忙和应接不暇的喝酒吃饭,让这位新大汗的身体有点吃不消,弄得他身体只剩下骨架子。看样子,蒙哥的年龄比他实际年龄要大几岁。

蒙哥汗看见阿里不哥、阿兰达儿、刘太平等几个人进来后,开始正襟危坐,他招呼几位坐下后问:"你们今天来有什么事要上奏吗?"

阿里不哥说:"忽必烈动用大批财力修建皇宫,汗兄你知道吗?"

"这件事他上奏过,他修的不是皇宫而是藩王府。"蒙哥汗疑惑的看了阿里不哥一眼回答,他希望阿里不哥不要和忽必烈产生矛盾。蒙哥记得少年时候,他母亲唆鲁禾帖尼曾经用成吉思汗的母亲诃额仑教育孩子们的故事教育过他们。唆鲁禾帖尼母亲对蒙哥、忽必烈、旭烈兀、阿里不哥们说:有一次,成吉思汗铁木真等兄弟发生了矛盾冲突,诃额仑太奶就用"五箭训子"的故事来教育孩子们。太奶诃额仑说:"每人有一支箭,每只都可以折断,而五支箭杆捆到一起就折不断了。"她用这个故事教育孩子们,叫他们兄弟之间应该团结,不要搞分裂。从此之后,成吉思汗兄弟之间很团结。唆鲁禾帖尼母亲的话还在蒙哥汗的耳边回响,所以,他不愿听别人说忽必烈的坏话。

阿兰达儿贼眉鼠眼地凑到蒙哥汗身边说:"大汗,你有没有听说向'龙'借地修皇宫的说法?"

"他们不就是把王爷府修的大了点吗?有什么大惊小怪的。"蒙哥汗有点不愿理这些多事的人。

"那可不是修个王府那么小的事,据说原来当过和尚的刘秉忠专门按照皇宫的样子修的,用的是阴阳八卦之法,在水上造的皇宫,叫做向龙借地修皇宫。百姓都说建完城之后有一条小龙从宫中升起,说忽必烈是条龙,将来可以当皇帝,将来他就不叫大汗而叫皇帝了,他成了汉人的皇帝,那时,您这个大汗就被放在一边了。"阿里不哥进一步火上添油。

蒙哥汗忽的从御榻上站起来说："真有此事吗？"

刘太平说："听从漠南回来的人讲，在漠南连大街上的小孩都知道忽必烈要当皇帝了。特别是他从征云南回来后，又招兵买马，又建宫院又敛财，这不值得警惕吗？"

"他修王府用点钱也是正常的，真有向龙借地的事吗？"蒙哥汗还是有些疑惑。

蒙哥接着说："为了汗权收归托雷系家族和我当大汗，二弟忽必烈也没少出力，他怎么会对我有二心呢？"

"兄弟是兄弟，君是君，臣是臣，当年是兄弟之间的关系，现在您是君，他能没有想法吗？而且他同我们比，他文武兼备，他心里能服气吗？他不想夺汗位，他也想在漠南闹独立。"阿里不哥说。

"我同意他管漠南的政治和军事，可他要求只管军队，他有什么野心？"蒙哥汗反驳说。

"他虽然说只管军事，但地方官都是他任命的，河南、燕京、邢台一些地方官都是他任命的一些汉人当政，他就是培养个人势力。"阿兰达儿说。

"忽必烈身边有一大批汉人幕僚，他们上马不能打仗，下马不能生财，一天就谋划让他当皇帝。"阿里不哥生气地说。

"据说，山西、河南、邢台等地把归属汗廷的税收擅自送往忽必烈王府。"刘太平说。

"他真有截留汉地税赋和公粮的事吗？我出征打仗可都要花钱的，他胆敢这么干？"蒙哥汗有点相信他们的话了。

阿里不哥说："忽必烈统兵打仗多年，他知道粮草对打仗的重要性，所以，他才广积粮草，预备打仗。他明摆着是有个人目的的。"

刘太平又煽动性地挑拨说："地方官员上奏反映说，不少向布知尔这样的蒙古官员被换掉，却换上了忽必烈王爷的亲信汉人，而那些汉人又贪又占，生活腐化。"

蒙哥汗走下御榻在地上踱来踱去，他在想：如果真是这样的话，那忽必烈可真要断我财路了。他忽必烈真的有搞漠南独立的想法吗？蒙哥汗脑子里开始打问号。

第六回 暗流涌动避钩考

刘太平翻翻眼皮说:"忽必烈王爷联合不少汉地封的侯爷在他身边,如史天泽、张柔等势力,他们要联合起来还了得吗?大汗不信,我们也没办法,但大汗不能只顾兄弟之情而坏了国家大事!"

"看来是应该整治一下漠南。你们看整治漠南应从哪里下手?"

阿兰达儿看蒙哥汗被他说服了,就狠狠地说:"等他们羽毛丰满了,再整治就困难了,先不要动他,应先剪断忽必烈的党羽,让他断了翅膀飞不起来,看他的'龙'怎么升天。"

蒙哥汗思考了半天,举起手,他把手猛地劈了下来,下决心说:"动静先不要太大,先搞一次'钩考',检查考核一下地方上的钱粮收入,看他支出有没有大问题及贪污情况。检查的方向主要是山西的宣抚司和河南、京兆等地的经略司,不管哪个民族的官员一律查。不许动父亲托雷封的汉族功臣万户侯,如史天泽等。此事由副留守阿兰达儿、参知政事刘太平负责。"

听完大汗的决定,阿兰达儿、刘太平二人忙跪地领旨。

蒙哥汗说:"阿里不哥就不便出面了,免得伤了兄弟之间的和气,这次钩考的大任就交给阿兰达儿和刘太平吧。"

三人听罢大汗的话,很得意地离去。

三个月之后,在关中钩考局衙门大堂上,坐着钩考特使阿兰达儿和刘太平,二人一粗一细,一个肥头大耳,一个尖头鼠目。大堂下面站着河北、邢台、京兆的经略使、宣抚司、转运司的官员。

阿兰达儿神情活现的大叫:"下面告你们擅权为奸,趁收国税之机捞取民财,截取朝廷税赋,假公济私残害官吏和百姓。你们共有142条罪状,除史天泽以勋旧受到宽容,其余难逃罪责,一律不得赦免。你们要好好交代罪过,休想成为漏网之鱼。杀你们不用请示大汗,我和刘太平参知政事都有权杀死你们。"

刘太平神秘的对下面的官员们说:"你们要得到'蓄意谋反'的材料可以揭发,立刻会得到立功升迁的机会。"这是阿兰达儿和刘太平急于得到的材料,他们想利用这些材料置忽必烈于死地。

一天夜里，外面下着大雨，天色漆黑。

在阿兰达儿的钩考局审讯室里，权保所所长马享正被阿兰达儿审讯。

"你们这几年截留汗廷多少粮食如实招来，都是谁让你们截留的？"阿兰达儿逼问。

"我们除了留够本府所用的粮食，其余的都上缴国库了，根本没有截留粮食。"马享坚持说。

"看来你是不说实话了，给我吊起来打！"阿兰达儿带来的打手，把马享吊在柱子上打得皮开肉绽，血染衣襟。

钩考局夜里拷打声不断，大叫声昼夜不息。

另一个审查室里，刘太平审讯河南经略使赵璧。

刘太平问赵璧："你当河南经略使，为什么将董主薄斩首？你收了原告多少银子？"

赵璧义正言辞的回答："董主薄被斩首，是因为他持强为虐，强要了三十余个民女为妻被问罪斩首，我们没收任何人一分钱财。"

刘太平严厉拷问："没收钱，你能站在被告方将董主薄斩首？"

"斩首董主薄，我是依法办事，他残害死几个人，罪当斩首。你能查到我收了原告的钱财，你可以杀我，我用我的人头做保证。"赵璧昂首回答。

"你在王府里经常讲些什么书，我要汇报给大汗听一听。"刘太平胖头大耳直流汗，他在各个方面审查赵璧。

"我讲孔夫子的'三纲五常'、'仁义礼智信'，难道这也有罪吗？"赵璧反问。

"蒙古大汗廷，用不着孔子那套理论，讲孔子那一套，就是反对我蒙古帝国的礼法。"刘太平大声叫喊。

"成吉思汗并不反对孔夫子，忽必烈王爷也推崇孔圣人，难道他们也在反对蒙古帝国吗？"赵璧大声的回驳刘太平。

"忽必烈都向你们讲些什么？他修的是不是'龙'廷？他要'大有为于天下'的意思是不是想成为天子？"刘太平小声地问。

"忽必烈王爷让我们效忠大汗，他提出'大有为于天下'的意思是多为蒙古汗国做贡献，他只为给天下带来和平,他绝无成天子之想法。"赵璧回答。

"治国平天下，就是要另立国家，夺大汗的权！"刘太平强词夺理。

"把这个又硬又犟的家伙关押起来，等候处斩。"刘太平吩咐手下人。

史天泽听一些人受审，他仗义的说："河南由我主治，有什么事尽管找我，是非功过由我担当。"他为赵壁等人开脱。

忽必烈怕刘太平等人下毒手先斩后奏杀了赵壁，通知主宰说："如果赵壁哪里差了钱由我代偿，如果没有贪污就请放了赵壁。"刘太平也没有找出赵壁贪污的事，只好顺水推舟放了赵壁。

阿兰达儿把被钩考调查的官吏打完之后，吊在盛夏烈日之下，顷刻之间就有人毙命，被他们威逼拷打而死的官员达二十多人。

一天清早，忽必烈正在大安殿外来回踱步，为藩府兄弟们受钩考审讯拷打而着急的时候，一个侍卫气喘吁吁跑来报告："报告王爷，钩考人员已经审问廉希宪大人一宿了。由于廉大人不服，他们要把廉大人打死了，王爷快去看看吧！"侍卫一边报告一边哭诉，因为廉希宪做过王爷侍卫长，他在侍卫中很有威信。听到这个消息，忽必烈火冒三丈，他想：我连忠心耿耿和我一起为国家干事的人的安危都管不了，我还算什么王爷。他披上战袍，操起宝剑，在小侍卫的引领下直奔阿兰达儿的钩考局。

忽必烈手持宝剑来到钩考局，卫兵没人敢阻拦他，他直奔钩考审讯现场。忽必烈看见廉希宪被绑在柱子上，身上被打的血淋淋的，他手持宝剑上前一剑劈断了绑廉希宪的绳子，拷问的人都吓得跑向一边。

忽必烈用沾着血迹的宝剑指着阿兰达儿的猴脸正言厉色地说："你知道你们打的人是谁吗？"

"我们不管他是谁，他犯了法我们都有权处置他。"阿兰达儿说。

忽必烈说："这人叫廉希宪，是维吾尔人，他父亲在我成吉思汗爷爷和我三大伯父窝阔台汗时期，随着他们南征北战。他父亲任过燕南诸路肃政廉访使，负责为成吉思汗爷爷管司法刑狱和官吏考核工作。任命他父亲当此职当天，廉希宪降生了，为了让生下来的孩子为官一生廉洁，所以给他取了一个汉名叫廉希宪。廉希宪多年在我身边苦读经书，一生廉洁，人称'廉孟子'。有一次，他正在读《孟子》，我派人叫他，他就揣着书来了。我问他这是什么书，讲的是什么道理？他就将孟子的思想讲给我听，我极为佩服他。廉希宪为官非常清廉，立功后他把我奖赐给他的财物都拒绝了，一生只爱读圣贤书。他对鱼肉百姓的贪官深恶痛绝。"说到这里，忽必烈又想起一件事，他接着说："廉希宪除了俸禄之外，没有任何私贪之物。他走到哪里，只有两样东西不离身，一是一箱书，一是一把琴，除此之外别无它物。他常对给他送礼的人说：'你们送的东西，如果是你们自己的，我收了是不义；如果是公家的东西，你们拿来送礼，这就是盗窃国家财产，我收了便是贪赃。如果你们拿从百姓那里搜刮来的东西送礼，就更要罪加一等。'"忽必烈讲到此处十分动容，眼里冒着火，含着泪，听的人都无地自容，有的人眼里含着泪水。

忽必烈说："如果你们真查贪污犯，我支持，但如果你们借钩考之名陷害像廉希宪先生这样的官员，我这把宝剑是不答应的。今天我是忍无可忍，我告诉你阿兰达儿，你今天要敢杀廉希宪，我这口宝剑先落在你的脑袋上。你再敢动廉希宪一根毫毛，你先越过我这口带血的宝剑。"说着，忽必烈把宝剑拍在阿兰达儿面前，宝剑的寒光点点。

"王爷息怒，阿兰达儿不敢。"阿兰达儿吓得坐在地上发抖，他想这位王爷动怒真敢杀掉他。不管怎么说，忽必烈也是大汗的亲兄弟。另外，他手握军权，谁也不敢激怒他。所以，阿兰达儿退下来，直给忽必烈叩头。

廉希宪抱着忽必烈痛哭流涕的场面十分感人。

在开平府的大安殿内。

金莲川幕府的幕僚和官吏都围坐在忽必烈身边。忽必烈今日失去常态，精神恍惚，情绪低沉。大家喊喊喳喳地小声议论着，为忽必烈出主意。

忽必烈面容憔悴，他见有的官员潜然泪下，含泪对大家说："今天把大家召集到一起，是因为这几年我们虽然不是兄弟，却胜似兄弟。你们为治理好漠南可谓呕心沥血，鞠躬尽瘁。现在漠南变好了，你们却一个个被人陷害，都是我无能没有保护好你们，我不但为此心里特别难受，而且我们经营好的漠南事业也要毁于一旦。几年来，你们帮我治理漠南，有家而不顾，我终身不忘。只有你们大家的努力工作，漠南才有今天这个样子。漠南因为有了你们，才能实现'有为于天下'的梦想。今天汗廷对我猜忌甚深，他们冲我而来，弄得我自身难保，不足以保大家，大家散去吧，天大的灾难我一个人扛着，我不怕'兄弟相煎'。"

官员们有的忿怒，有的垂泪饮泣。

郝经看大家都默不作声，他帮忽必烈分析形式说："我看现在还不到'相煎之时'，大汗没有同王爷短刀相接。一是他们没有您谋反的证据，大汗只是怀疑，亲情还占上风。目前所以闹得凶，只是阿里不哥、阿兰达儿和刘太平这几个人蛊惑的结果，大汗应该并无此意。您现在还不到同汗廷摊牌的地步，从目前形势看，您的力量还比不过汗廷。另外，他是君，您是臣，他可举全国之力同您较量，您却不能举全国之力对抗他，您名不正，举兵不能服诸王。所以，当前不管形势如何，也不能来硬的。"

忽必烈问计于郝经："先生有什么想法尽管说。"

"我的想法是忍避。"郝经说。

刘秉忠同意郝经的主意，他说："我同郝先生的看法相同，蒙哥汗并没有同您决裂的意思，他只是见您声势大了给您敲一个警钟，让您好好服从他，力量不能超过他。"

伯颜现在已经成为统兵将领，他说："我看几位先生都说的极对，大汗与殿下只是久不见面，感情疏远心生疑惑而已，所以，没有必要把问题想的那么悲观，漠南还要壮大。"

安童也插话说："殿下应主动觐见大汗，亲兄弟应尽快解除误会，防止坏人钻空子，大汗绝没有置您于死地的想法。目前，减少冲突实为上策。"

听了大家的话，忽必烈做好了上漠北汗廷觐见大汗的准备。

1257年农历十二月，数九寒天，天寒地冻，塞北大漠被风吹的昏天暗地。

一个侍卫急忙跑进漠北汗廷万安宫报告大汗："远处沙尘中，忽必烈带一些车辆正向和林而来。"

"带了多少人马？"蒙哥汗坐起来惊讶的问。

"只有他的家属和他本人。"侍卫如实汇报。

蒙哥汗疑惑的走下御榻,他被忽必烈的突然到来弄得不知所措,来回在地上踱来踱去,他在想忽必烈此番到底是什么来意。忽必烈没有大事是不会到来的,征完云南他都没有回漠北汗廷见我,此次来汗廷一定和钩考有关。

过了一会,侍卫来回报说:忽必烈一家人已经来到宫外等待觐见。

"传,快让他们进来。"蒙哥汗传令。

"弟忽必烈一家给汗兄磕头了。"忽必烈一家人齐刷刷跪在地上给蒙哥汗行九拜之礼。

蒙哥汗见弟弟一家风尘仆仆远道而来,心里一热,泪在眼眶,忙叫护卫给忽必烈一家设座。

忽必烈坐下来,含泪看着蒙哥汗说:"这几年漠南初建,事务多,我从云南回来未能见兄长一面,请汗兄原谅我的过错。"

蒙哥汗看着忽必烈的孩子们说:"你再忙也该回来一趟,我们兄弟之间不见面是会互相想念的。我非常想念这些孩子们,你看真金都这么大了,快成大小伙子了。"蒙哥汗走下汗榻拉着忽必烈和真金的手。

蒙哥汗看看察苾说:"察苾弟妹好啊,弟弟在外征战,孩子们让你操心了啊!"

"汗兄,我们这次回来就不走了,忽必烈脚被冻伤了,我们全家都回汗兄身边了,"察苾给蒙哥汗装上一袋烟敬上。

"不走好啊,我们兄弟又可以在一个锅里吃饭了,一家人在一起该多热闹。"蒙哥汗欢喜地说。蒙哥汗此时回忆起青少年时代,一家人都围坐在母亲唆鲁禾帖尼身边有说有笑,不像现在各揣心事,亲兄弟都显得生分不少。抚今追昔,他眼含热泪。

"汗兄,这次我回来就不打算走了,我太累了,无力量再管漠南汉地军事了。征云南过雪山时我的脚被冻坏了,至今足疾未愈,我打算休息一下。我虽修了一个简单的王府,那是因为汉族官员不习惯住帐篷。汗兄指令我经营漠南,我不用汉人怕经营不好;用汉人吧,又怕别人说闲话,所以左右为难,这话也只能跟兄长说了。"忽必烈把心中的话都说了出来。他接着说:"我虽然尽了力,但也可能有管控不严的地方,让汗兄操心了。"

"二弟,这几年你把漠南经营的很有起色,这让我很高兴。征云南你又

第六回 暗流涌动避钩考

立了大功,我都很高兴。"蒙哥汗看着忽必烈一身灰尘、一副疲惫之相,也备觉心酸。蒙哥面带愧色地说:"至于'钩考'的事,我本意是想,既然有人奏报,就派人整肃一下,没想到下去的人搞的那么严重,我听说伤了一些好人。"

"钩考正确,那是汗兄英明之举,我有罪请汗兄责罪。"话说到这里,廉希宪被拷打和二十多名官吏被杀头的情景又浮现在忽必烈的眼前。他想:这是哪朝哪代留下的根,皇帝错了照样伟大,臣子受了罪还要喊伟大,他心里真有些不服,可又不敢说。

蒙哥汗看到忽必烈心里难受,把忽必烈的手放在自己胸前,泪流满面,他说:"二弟呀,让你们受苦了,'钩考'的事从今天起就结束。今后你也该休息一下了。"这意味着钩考结束,但忽必烈管理漠南的经略司、转运司、宣抚司都撤掉。这样,兄弟二人都放心了,也放松了,该庆祝了。

在灯火辉煌的万安宫内,张灯结彩,欢笑声不断,乐声四起。舞女在欢跳,还有不少外国美女在狂舞。

酒过三巡,都有些醉意。忽必烈半醒半醉的对蒙哥汗说:"汗兄啊,还是在家喝酒好啊,过雪山草地,我们只能以雪解渴。这回我把王妃和孩子都留在哈剌和林,我也要到封地西部吉尔吉斯草地去养病了。"

几日后清晨,忽必烈留下妻子和儿女,只身去了吉尔吉斯封地大本营。蒙哥汗带着大臣们来送忽必烈,当看到忽必烈只带着几名卫兵离去时,蒙哥汗心中也有几分酸楚,依依不舍。

在万安宫大殿上,蒙哥汗在潜神默想,头脑中想着忽必烈在宴会上同他说的话——"还是在家喝酒好啊",这忽必烈是不是在说我,身为大汗,却守在家中喝酒,而不去领兵征战。蒙哥想:我身为大汗,不应让兄弟们和诸王瞧不起,我应像成吉思汗爷爷那样亲自率兵征战,威名远扬,让各位宗王服气。想到此,蒙哥汗决心亲自率兵去征南宋,啃下这块硬骨头。征南宋也是蒙哥汗在忽里台大会上向诸王表示的决心。蒙哥汗决心在征南宋过程中建功立业,提高自己身为大汗的声望。

第七回　饮马长江统东路

　　1258年初春，蒙古汗国诸路王爷和万户举行宴会，为蒙哥汗征南宋送行。宴会之后，蒙哥汗率大军东渡黄河，拉开了征服南宋的序幕。幼弟阿里不哥和王子玉龙答失留守和林汗宫。

　　征南宋大军兵分东西南三路：东路大军由诸王塔察儿率领，向荆襄进军；西路军由蒙哥汗亲自率领，向川蜀进军；南路军由兀良合台率领，他率领的是云南的地方军和云南蒙古军，共三万余人，路经广西、贵州向潭州（今长沙）进军。三路大军总共是十万人，形成了对南宋的合围之势。

　　蒙哥汗在行军中用圣旨通告各路大军，务必要在1260年农历一月会师于潭州，然后顺长江东下，直取南宋首都临安（今杭州）。蒙哥在圣旨中说："这是一次目的在于灭亡宋朝的战略性大进军，战之必胜。"

蒙哥汗亲自率领大军入散关，一路取得不少胜利。1258年农历十月，西路军横渡嘉陵江、白水江，攻破大获山，进据青居山。

蒙哥汗中军帐内，传令兵报："报告大汗，东路军塔察儿部按计划进攻襄、鄂，初战告捷，进军顺利。"蒙哥汗听完报告后正高兴之际，传令兵又报："我东路军进入鄂州沿江之地后受到宋军顽强抵抗和阻击，难以前进，军队伤亡严重，无功而返。"蒙哥汗听到东路军失利后，非常恼火。

在塔察儿马前，传令兵传达了蒙哥汗的圣谕，圣谕中严厉谴责了塔察儿，并说："你们回来时，我要下令狠狠的惩罚你们。"塔察尔受到指责，受尽辱骂，心中十分不满。他生气地说："难道我们在吃喝玩乐不好好打仗吗？我不能让我的士兵白白送命，我不退兵我等死吗？"

南路军由兀良合台率领，一路攻城略地，循广西、湖南北上，按蒙哥汗布置孤军深入宋地，浴血奋战，步步为营，一路比较顺利。

在开平府龙岗大安殿外，忽必烈正在练剑。忽必烈的脚疾好了些，他已经从吉尔吉斯营地回到藩王府。刘秉忠、郝经、姚枢、廉希宪等人站在忽必烈身边看他练剑。刘秉忠说："王爷从吉尔吉斯回来后身体可好？"

"我身体好多了，无事一身轻，能吃能喝就是整天无事可做，所以，我回来了。"忽必烈停止练剑同大家交谈起来。

"这回可能有事可做了。"郝经说。

"怎么这么说，我还能有什么事可做？"忽必烈把剑放在一边惊奇地问。

"听说征宋东路大军塔察儿部吃了败仗，被蒙哥汗痛骂了一顿，蒙哥汗正为缺少得力干将而上火。"刘秉忠说。

姚枢说："大汗那边因缺干将而恼火，您这边领兵的大帅却无事可做，您还是大汗的弟弟，无论从公从私而论，您都应当帮您兄长一把，解他燃眉之急。"

"说得是，我个人也是这么想的，我带兵打仗没问题，可又怕兄长对我有什么想法。我现在已经没有兵权了，怎么去打仗。"忽必烈有点失落地说。

"王爷，在国家和您兄长都需要您的时候，您应当放弃以前的一些误会，从统一全国的大局出发，真诚地要求参战统兵，您的真心应该是在战火中体现出来的。"

"刘先生说的对，王爷应当主动向大汗上奏请战。"廉希宪说。

大家都是这个意见，忽必烈思考一下，觉得大家说的有道理。于是，他叫姚枢写了一份，奏章意思是说："大汗御驾亲征，汗弟不应在一边独处安全，现在我的脚疾已好，请求汗兄允准我率军征宋。"

一天，忽必烈正在大安殿上看书，传来蒙哥汗圣旨，命他接替塔察儿指挥东路大军向南宋边界推进。

听到这个消息，开平府的官员都很高兴，全府大庆，他们都祝贺王爷有带兵权了。

在开平府大安殿上，重新穿上战袍的忽必烈坐在王座上百感交集，思绪万千，自从"钩考"以来，他从未这么兴奋过。他从容不迫地对众幕僚和将军们说："我们在出征之前，先讨论一下对宋朝的用兵策略及敌我双方的形势。所以，我暂时要按兵不动，研究好策略之后再出兵。"

郝经提出："我认为，现在伐宋的时机还不成熟，应当先培植好元气，再选贤能将相攻宋。现在打条件不足，有些操之过急，容易受挫。"

"郝先生的意见很对，现在是时机还不成熟，打无准备的仗，一下拿下宋朝是不可能的。打无准备之仗受挫容易伤了元气。"

听了大家的意见，忽必烈坚持说："眼下这场仗，是无把握之仗，但无把握之仗也要打，因为已经率兵出征，我们受命出征而不出征是不可能的。何况汗廷以前对我们有过误会。"

廉希宪说："四川的路险难而远，又有瘴疾随时发生，现在出击很难成功，大汗更不该出师了！"

忽必烈沉思良久后说："大家说得都很有道理，分析的很深刻。我也认为现在向四川出击实在很难成功。但仗必须打，因为大汗已经在战场上了，打不打不由我们。但我们要把准备工作做充分，要利用最少时间养精蓄锐，做好充分准备，我们就是要在风口浪尖上彰显英雄本色。"

忽必烈接着说："我们要接受的是东路军，是塔察儿指挥的部队，我们应总结出他出师不利的原因是什么。"

刘秉忠说:"他失败的原因,一是准备不足,特别是对困难分析的不够,盲目出兵;二是因为江南水乡湖泊纵横,河网密布,我军骑兵的优势发挥不出来,加之攻城经验和器械不足;三是缺粮少药。所以,必然败北。"

"我们要吸取塔察儿的经验教训,做好各方面的准备。我爷爷成吉思汗打仗之前先做好舆论准备,做好战前的宣传,我们也要学习他的兵法,先做好战前舆论。为此,我要奏请大汗批准郝经先生出任江淮荆湖南北路宣抚使,你要先南下设行台。一要宣传恩信,宣传我们打仗不是民族之间的纠纷,是为民伐罪救民,不弑杀百姓和官员;二要招纳归降官兵;三要动员地方调运好粮草;四要号令全军用纪律约束自己,破坏纪律、残害百姓者一定要严办。这就是成吉思汗爷爷留给我的遗产。"忽必烈说。

在行军路上,忽必烈骑在马上,指挥大军进入河南汝阳,一路申明军令,戒诸将妄杀。在蒙古汗国大汗的行军帐里,传令兵报告:"报告大汗,忽必烈王爷的大军已渡过黄河,入大胜关,进至黄陂,抵达鄂州以北。"蒙哥汗高兴地说:"我二弟真是智勇双全!"

忽必烈指挥大军过长江,他站在长江边上,饮马长江水。

南宋首都杭州城内的人听说忽必烈大军已过长江,一时间城内、宫内陷入一片混乱。

第八回　蒙哥战死钓鱼城

1258年农历十二月，蒙哥汗指挥的大军顺嘉陵江南下，欲进攻南宋在四川的大本营重庆，没料到在重庆北140里合州的钓鱼城遭到南宋军队的顽强抵抗。

钓鱼城雄踞嘉陵江岸边上，在嘉陵江、渠江、培江的交汇处，东、西、北三面据江，江两岸都是悬崖峭壁，西依华蓥山，它是屏蔽重庆的军事重镇。

1259年农历二月，蒙哥身披战袍指挥大军扫除钓鱼城外围的南宋军队，南宋军队退进城里。

嘉陵江水汹涌澎湃，自北直奔钓鱼山而来，绕山环西折南而流，形成钓鱼山环江的险峻形势。

蒙哥汗紧皱眉头站在江边，看着滚滚江水，对身边的元帅汉军万户侯史天泽说："先要切断钓鱼城的外援，派晋国宝将军到钓鱼城劝降。"

在钓鱼城守城的宋朝将军王坚的大本营里，晋国宝被绑进大营，他忿怒地指向王坚说："我是代表蒙古大汗来劝降的，你们为什么绑来使？"

王坚大声回应说："我们守城官兵誓死保卫钓鱼城，决不会投降蒙古。我们不但要绑你，还要杀你。"

王坚命令士兵："把晋国宝押到阅武场斩首示众，以表我誓死不投降的决心。"

晋国宝当着南宋众官兵的面破口大骂："像你们这样不讲规矩乱杀来使，早晚要失败的。宋必亡。"

蒙哥汗大营内，蒙哥汗正在等待劝降的消息，传令兵来报："报大汗，劝降大使晋国宝将军已经被王坚押到练兵场斩首了，首级已经悬挂在城门上。"

蒙哥汗听到这个坏消息，怒不可遏，气的吐了一口血，他对史天泽喊道："史帅，拿不到钓鱼城决不罢休！"

钓鱼城内，宋军官兵正忙碌做迎击蒙军的准备，他们准备着飞石、滚木、火药等。王坚披甲巡视城防情况。

城外，蒙军在蒙哥汗和史天泽指挥下攻城。蒙军用石炮、石油喷射器和箭等向钓鱼城发起总攻，打的火焰冲天，钓鱼城城楼上着了火。城上则往城下放箭、抛石木，双方攻守之战进行的非常激烈，城楼上下火焰冲天。

钓鱼城内王坚的大营内，王坚正在心情沉重地在地图前来回踱步。这时，一个偏将来报："报告将军，城内粮草器械日渐减少，现在已经伤亡八千多人，希望尽快得到外援！"

"快派人突围请求援军，越快越好！"

"得令！"偏将跑下去。

这时，南宋四川制置副使吕文德率千艘战船增援钓鱼城。千艘船急奔钓鱼城而来。

蒙军一方，史天泽指挥喷火器和箭向吕文德的战船攻击。

吕文德的战船被战火燃烧，火光熊熊，烟尘升天。吕文德指挥战船急速退回重庆。

第八回 蒙哥战死钓鱼城

钓鱼城下,蒙军将领汪德臣指挥战士顶着烟火、滚石用云梯攻上钓鱼城,有不少战士爬上城楼又被打下来,落城身亡。蒙军攻城伤亡严重。王坚一天打退蒙军8次进攻,城外火焰冲天。

蒙军将领汪德臣单骑顶着浓烟来到钓鱼城下,他大声向城上喊:"王坚将军,你们的援军被打退了,我是来救你们一城军民的,希望你们早点投降。"

"你回去吧,叫我们投降是不可能的,没有援军,我们十万军民同钓鱼城共存亡。"王坚在城上喊道。他一面是喊给汪德臣听,一面也是喊给守城官兵听,以鼓励他们誓死保卫钓鱼城。王坚喊话之后,命令守城士兵发石炮猛轰汪德臣的战士,激战直至深夜。

天明时,天降大雨,雷声不断传来。闪电划破天空。在火光中,云梯被炮石折断,登城战士受阻,汪德臣在火光中被飞石打中,被战士抢回。汪德臣因受伤而病,由于病重不治身亡在前线,年仅36岁。

汪德臣去世的晚上,蒙哥汗为他举行了追悼会,嘉陵江面被纸灯照的一片通红,蒙军战士向汪德臣致哀。

蒙哥汗身披白袍,两眼布满了仇恨的血丝,泪流满面。他告诉史天泽元帅,把他的侍卫军也调来攻城。

1259年农历七月,四川已经到了炎热期,湿热病流行,此病在当地叫"打摆子"。蒙哥汗在指挥攻城时,被炮石击中头部,立刻感到头部要裂开似的疼,并且感到浑身发冷,头冒虚汗。史天泽跑过来叫人把蒙哥汗扶上马护送回大本营。回大本营后,蒙哥汗身子已发软,他两眼发黑,一头晕倒在床上,而且浑身发抖、头冒冷汗,脱水。经医官诊断后,大汗染上了流行病。由于大汗身体虚弱,心存怒火,加之战场医疗条件差,医治无效,大汗身亡。蒙哥汗病死后,征川蜀的蒙古军和汉军大部撤到六盘山,蒙哥汗亲征川蜀就此结束。

蒙哥汗去世后,群臣奔丧北还,他的遗体被送往漠北成吉思汗家族墓地起辇谷安葬。

第九回　渡江攻鄂显英豪

　　1259年农历九月，忽必烈大军准备渡长江之时，一名传令官来到忽必烈的帐内："报告王爷，储王、末哥派信使报告，大汗在指挥攻打钓鱼城时染病，在转移途中不治身亡，病逝在重庆金剑山温塘峡。"听到这个坏消息，忽必烈差点晕过去了，伯颜把他扶坐在椅子上。忽必烈自言自语痛心地说："我的兄长就这么死去了吗？他是我的好兄长，我的好大汗！"说完泪如雨下。末哥还在信中说："现在蒙哥汗已去世，国无君主。末哥希望忽必烈尽快回到漠北，以忽必烈的威望维系天下人心。"末哥是忽必烈的异母弟，末哥的母亲还是忽必烈的奶母。信中，末哥和一些储王希望忽必烈撤兵北还。

　　忽必烈正在悲伤之时，伯颜说："大汗本不该去世。他亲自身临前线指挥攻城，精神可佳，但犯了'万乘至尊'不易轻动的大忌。"

刘秉忠说:"王爷不必大悲伤,大汗以身殉阵,应该总结教训,他早该放弃轻易攻钓鱼城的计划。钓鱼城防御坚固,准备充实,累月攻不下,容易兵老师钝。不改常规,不思变通,采取硬攻办法,结果大蒙国一国之君,被一个小城所害。"

伯颜说:"另一个教训是,大汗抛弃了蒙古军机动灵活的野战长技,违背了蒙古骑兵喜寒恶热的习惯,聚数之众,冒盛暑强攻易守难攻的钓鱼城,其战术是不可取的,必然遭重大损失。"

"教训太深刻了!我的汗兄,您去的太早了,您才在位9年,52岁就去世了。"忽必烈痛哭流涕。

忽必烈向部队发出号令:"停止一切军事行动,全体将士向大汗致哀。"

在忽必烈的指挥大帐中,正在召开东路军军事会议。忽必烈说:"有人说大汗在阵前突然身亡,宣告征宋结束了,东路军该北归了。但我们奉命前来,不能无功而返。大汗虽然去世了,但我们的将还在、兵还在,我们还是战场上的英雄。我们绝不能成为成吉思汗帐下的败类。另外,兀良合台率领的南路军奉旨经宋朝辖区北上,我们东路军要不渡江接应,南路军必有失败的危险。所以,我们应当渡江。"

"王爷的决定是对的,我们应当渡江接应南路军。"安童站起来说。

忽必烈抖抖战袍,握剑在手,说:"越是困难的时候,越要看到光明,越要加强团结,越要剑指前方,长我们的志气,灭敌人的威风。我们已经做好准备,马上渡江,渡江之前,所有官员都要下去慰问战士!"

几天后,长江北岸的香炉山上。

忽必烈俯瞰大江,观察长江北岸的敌情。长江自西流来。江北为武湖,湖东即为阳罗堡。江对岸南宋方面陈兵10万,列舟船两千余艘。江岸有碉堡,水路戒备很严,并且用大船扼住渡口,整个江面都被控制。第二天黎明,天色阴暗,风雨交加,忽必烈组织敢死队渡江。董文炳请战,他说:"宋朝以长江天险保护国家安全,他们誓死坚守,不从这里挫伤他们的锐气不行,我请求担当此任。"忽必烈批准董文炳担任敢死队指挥,并且为他们准备大船一艘,还亲自为他们挑选甲胄和精良的武器。

第九回　渡江攻鄂显英豪

蒙军大军分三路一齐向对岸发起总攻。战鼓齐鸣震天响，董文炳、董文用兄弟率领敢死队冲在前面，疾呼奋进。习水性的军官将士乘二百艘战船飞快地直冲南岸。南宋水军来迎战。由于蒙军兵力集中，习水性的冲在前头，来时又猛，几个回合后，宋军被打败，溺水者、战死者无数。由于前头部队作战顺利，在伯颜指挥下，后续部队纷纷渡江，全军压向南岸宋军。

忽必烈站在香炉山上观战，董文用乘小船前来报捷，忽必烈下马抱住董文用表示祝贺，并询问战况。

忽必烈同董文用一起骑上战马，他用马鞭指向长江南岸的鏖战之场喊："天也，长生天助我渡长江成功，董文用将军立下大功。"

忽必烈在马上召见了汉族万户世候张柔元帅和严忠济将军，他说："二位请通知各部队，今晚不许解甲，明日参加围鄂州之战。"

蒙军渡过长江之后，忽必烈驻扎在浒黄州。他抓紧时间组织检查蒙军的纪律。他对军队宣布："一、军士擅入家庭者，以军法从事；二、凡是俘虏人口，全部释放。"忽必烈还接受廉希宪建议，凡是儒士都给钱然后释放回家，放还的江南儒士达五百多人。

百姓纷纷传颂蒙军的好政策，使江南百姓减少了对蒙军的敌意，而且他们还帮蒙军做事。在这种情况下，忽必烈下令："王冲道、李宗杰、訾效，你们三人为使者，到鄂州城下招降"。对此次招降，鄂州宋军将领张胜采用了缓兵之计。他们转告蒙军暂时后撤，容宋军考虑降蒙军之事。忽必烈往后撤军10里，给宋军考虑投降之事。

过了一段时间，前方来报："宋军不但没有投降，反而焚烧了城外民居，坚持固守城池，毫无投降之意。在这段时间，还把重庆驰援的吕文德所部军队接入城中。另外，贾似道等军也分别从汉阳等方面进鄂州城督师，给予张胜等策应和支援。"

听见来报，忽必烈召众将开会，他说："攻城已百日有余，久攻不下。鄂城守将采用缓兵之计骗了我们，他们反而得到了加强。我们不能再强攻，要采用掘城进攻战术。"

蒙军战士顶着箭雨在奋力掘城，宋军则在城上树栅栏抵抗。

老将张柔一边指挥战士在城下掘洞，一边指挥用"鹅车"攻城，屡次攻破城墙，可宋军还是顽强抵抗。

在忽必烈的指挥大帐内，情报官报告："报告王爷，鄂城守军张胜战死，敌军死伤一万三千余人，但该城还是久攻不下。"又一传令兵来报："报告王爷，兀良合台已由广西入湖南境地，他们正在围攻潭州，大军已进入宋朝腹地，威胁到了临安。"

"太好了，我们马上就与兀良合台会合了，东南两路大军就要胜利会师了！"忽必烈兴奋起来，他派人去迎接兀良合台部队。

在宋军大营内，南宋丞相贾似道正与自己的心腹内侍总监宋京暗地研究战局。贾似道长得眉清目秀、唇红齿白，是个风度翩翩的公子。贾似道说："目前忽必烈大军已经兵临城下百日之多，随时有破城危险，而兀良合台大军已到潭州（今湖南长沙）。忽必烈已派人接应兀良合台，他们两路大军要南北夹击鄂州。鄂州一破，临安就要完蛋了，我们就要亡国了。我派你去通知忽必烈求和，以求别灭我大宋。这件事你要秘密去，不要声张，不要让朝廷知道。"宋京点头答应说："是了，请丞相放心！"

为什么这次议和要秘密进行呢，因为贾似道是一个只知玩蟋蟀斗蟋蟀的花花公子，根本不懂如何打仗。他之所以能当上丞相，是因为当年宋理宗宠爱其姐贾妃，他这个皇亲小舅子、无赖少年便步步高升，位极人臣。这时，他看到蒙军兵强马壮，兵临城下，以为鄂州就要失守，怕朝廷怪罪于他，于是背着朝廷安排宋京悄悄去议和。

在忽必烈大帐内，情报官来报："报告王爷，宋朝丞相枢密使兼荆湖宣抚策应大使贾似道派他的密使前来议和。"

"告诉他们，等我们商议之后，会派人去谈判的。"忽必烈听到此消息大惊。忽必烈已经为攻不下鄂州吃不好饭、睡不着觉多日，听说南宋前来议和，也不知他们葫芦里卖的什么药。但他清楚，目前形势紧张，因为宋不但有贾似道前来鄂州增援，同时增援鄂州的还有从四川来的吕文德。目前，宋军正在集结兵力，所以，不可不考虑谈判。

第十回　暂时议和赴北归

忽必烈传亲信侍臣赵壁到案前，对赵壁说："我派你为赴宋营谈判大使，宋朝鄂州守将言而无信，为了防止他们做些对你不利的事情，我派3000兵士与你一起入城。我在城东北驼峰之上立起5丈高楼，我站在楼上，你看我摇动手中之旗，你就率兵返回。"赵壁领命而去。

第二天，赵壁入城谈判。

进到宋营之后，宋朝谈判大使宋京对赵壁说："如果北朝蒙军不再进攻，我南朝每岁纳贡金银20万两、绢20万匹。我们划长江为界，南北朝和平相处如何？"

赵壁对宋京说："我忽必烈王爷住北濮洲时，你们派人议和还可以。今天，我军已经渡江，江南之地已为我土，你们还谈什么以江为界，这合适吗？"

实际上，赵壁已经拒绝了南宋谈判的条件。赵壁提出，他要同丞相贾似道当面谈议和的条件和要求。这时，赵壁看到忽必烈的旗帜在摇动，就对宋京说："待他日再议。"说完，她率3000人马返回蒙古大营。

忽必烈为什么着急让赵壁返回呢？原来，漠北汗廷局势发生了变化。蒙哥汗同母兄弟共有四人，他是老大，老二是忽必烈，老三是旭烈兀，老四是阿里不哥。由于蒙哥生前没有对汗位继承问题做出安排，这样忽必烈、旭烈兀和阿里不哥都有继汗位的资格。这三人中，旭烈兀继汗位的可能性最小。因为他已经占有东起阿姆河和印度河，西部有小亚西亚，南抵波斯湾，北至高加索山的大片领土，目前他正在筹建伊利汗国。他不想回中原做皇帝。所以，同忽必烈争皇位的只有阿里不哥。此时，阿里不哥正在漠北策划继任汗位。蒙哥南征时，阿里不哥留守哈刺和林，管理军队和汗廷事务。蒙哥去世后，皇后忽都台以及蒙哥之子玉龙苔失、阿速歹、昔里吉等都拥护阿里不哥继承汗位。当然，也有些诸王和大臣希望按兄弟顺序和能力由老二忽必烈继承汗位。

在漠北汗廷，皇子玉龙苔失对阿里不哥说："叔叔是我们拖雷爷爷的幼子，按着蒙古族幼子继承父业的习俗，您应该继承我爷爷的家庭财产，也应该继承我们蒙古人打下的江山、所创下的家业。蒙古习俗规定幼子继承家庭财产和家业，但没有规定继承汗位。汗位的继承要由忽里台大会决定。"这些消息都传到了忽必烈军中，所以，忽必烈马上召回赵壁，要重新商讨议和事宜。

1259年农历十一月，阿里不哥企图夺取汗位的事态发展迅速，使忽必烈决定议和返北。

忽必烈大营内，忽必烈正为谈判之事着急，突然从漠北来了脱欢和爱莫干，二人来报："报告王爷，王妃察苾叫我二人送来密报，说阿里不哥王爷在得知大汗去世后，派阿兰达儿和脱里赤从您统领的漠南蒙古军和汉军中抽调部队归他指挥，其原因不明，我们把军队交给不交给他们呢？请示王爷决定。另外，王妃还带来一封信，现在把信交给王爷亲启。"

忽必烈听完报告为之一震，他急忙接过王妃的来信，信中用隐语说："大鱼的头被砍，线断了，在小鱼中除了你和阿里不哥还有谁呢？你回来好不好？"

察苾为什么给忽必烈送信呢？因为此时阿里不哥正在筹划继大汗之位。他手里还有漠北留守的军队，蒙哥南征的军队也归了他。他为了掌握军权，又派亲信阿兰达儿调动漠南军队，他调兵遣将就是为了在军事上掌握大权，阿里不哥还派兵向开平进发，想消灭开平的驻军。正在阿里不哥秘密调动军队时，忽必烈的妻子察苾派人指责阿里不哥："调兵是大事，按律得大汗批准。现在大汗不在了，得黄金家族知道。在和林，成吉思汗的曾孙真金（忽必烈长子）还在，何故不让他知道。"阿里不哥觉得理屈，止兵于开平百里之外，没敢进兵开平府，并悻悻退回漠北。察苾还听说，阿里不哥命亲信脱里赤正在燕京等富庶之地巡查，明为巡查，实为暗中调动军队，她才火速派人赶往鄂州给忽必烈送信，请他回开平控制局势。

忽必烈看完察苾的信十分惊讶，他感到形势之紧张，大有归路断绝之势。

接到察苾王妃信的两天后，在忽必烈大帐中，传令兵来报："报告王爷，阿里不哥王爷派官员来到。"

"请进！"忽必烈非常震惊，他感到阿里不哥动作太快了，马上对来人提高了警惕。他上次回漠北见大汗，阿里不哥以打猎为由不见忽必烈，从那时起，忽必烈就对阿里不哥有了警惕。

阿里不哥派来的官员来到忽必烈面前说："忽必烈王爷，我们是奉阿里不哥王爷之命慰问你们的，因为你在征南中劳苦功高。"

忽必烈根本不管慰问的事，直截了当地大声逼问："阿里不哥把他调动的军队都派到哪里去了？"

派来的官员急忙回答："我们这些奴仆们一点都不知道，这可能是个误会吧！"来人支支吾吾、吞吞吐吐地回答，更引起了忽必烈的怀疑和警惕，这证实了察苾王妃信上所说的真实性。他想：如果阿里不哥需要把这些军队派到什么地方，应当公开说，何必隐瞒呢？其中必有诡计。

打发走所谓"慰问"的官员之后，忽必烈深刻地认识到阿里不哥趁他南征之机要夺取汗位的活动已经开始，他同阿里不哥的斗争是不可避免的。他感到一场暴风雨就要来临，事关重大，他不能只顾征南，要为悍权斗争早做准备。

忽必烈马上在南征的军营中召开了紧急会议商议对策，郝经上了《班师议》，他分析完南宋的形式，不赞成马上进攻鄂州。他又分析了蒙军方面情况，主张马上班师北返，以救政变之局。侍臣董文用等也一日三谏，力主班师，以为神器不可久旷，待登上大汗之位，遣一支偏师，即可了结江南之事。郝经还建议派一支军队逆迎蒙哥汗灵柩，收取皇室玉玺，遗使召集旭烈兀、阿里不哥、末哥及诸王驸马会于和林，再差官于各地抚慰安辑，稳定秩序。再让太子真金镇守燕京，示以形式。如此，"则大宝有归，而社稷安"矣。郝经说完，廉希宪也说："殿下为太祖嫡孙，先皇母弟，南征云南，克期扶定，及今南伐，率先渡江，天道可知。且殿下收召才杰，悉人心愿，子惠黎庶，率士归人。今先皇奄弃万国，神器无主，愿速还京，正大位以安天下。"

对于郝经和廉希宪所说，忽必烈不是没有想过，只不过没有他们想的那么细，那么周到。根据大家的意见，忽必烈决定班师回京。

忽必烈命伯颜带一支轻骑逆向迎蒙哥汗灵柩，扣住玉玺之后速回，伯颜领命而去。

正在这时，南宋使者来见忽必烈，再次要求议和。忽必烈告诉议和代表赵壁，要求以长江为界，南宋每年向蒙古国纳银20万两、绢20万匹，蒙古军退到长江以北，谈判即日生效。赵壁领命去和谈。

忽必烈在北返之前对孛鲁说："我先北返，我把大军指挥权交给你，希望你能在我北返之后第六天，把军队全部撤回长江以北，驻以待命。"孛鲁说："我一定按王爷的吩咐去办，请放心。"忽必烈又派廉希宪先行回燕京，以观事态发展。

诸事安排好以后，忽必烈轻骑减从，与1259年农历十二月顶着大雪北返了。为了暂时稳定军心和迷惑南宋军队，蒙军对外声称：东攻临安（今杭州）。

离开鄂州前，忽必烈命赵壁答应贾似道的和谈条件，答应请和，在急于北返解决继位的紧急情况下，忽必烈只能以口头的方式与南宋达成暂时的和平。

忽必烈在北返途中，派张文谦去怀孟州（今河南汝阳市）与商挺议事。商挺对张文谦说："殿下班师，师屯江北，脱有一介驰诈发之，军中留何符契?"商挺的意思是叫忽必烈防止漠北以欺诈手段调兵。张文谦听罢急忙追赶上忽必烈,如实报告了商挺的意思。忽必烈听后,恍然大悟,脱口说:"无一人为我言此,非商孟卿,几败大计。"急忙派使者赴江北军中订立调兵契约,通知孛鲁元帅准备防诈。不久,阿里不哥的使者果然到了江北军中调兵,孛鲁说:"忽必烈王爷有令,除他本人,谁也无权调动东路军。"使者怕事情败露,赶快领命而归。刚出大门,就被士兵杀掉。

白天顶着朔风看着太阳,晚上在漆黑的夜里顶着冬日寒风看着星星,忽必烈昼夜兼程,很快到达了燕京。奉阿里不哥之命,正在燕京扩集军队,准备西行的脱里赤等人,完全没有料到忽必烈会如此神速地赶回来。当忽必烈出现在他们面前时,他们顿时慌了手脚。忽必烈问:"脱里赤将军,你难道不知道燕京和漠南军事归我管吗?"

"我不知道燕京的军事归谁管,是阿里不哥监国王爷命我来调兵,据说是蒙哥汗临终时的命令。"对于忽必烈的诘问,脱里赤支支吾吾地回答。

忽必烈说:"漠南军队调一兵一卒必须经过我的批准,大汗在世时想调兵也要有调令。今天,你们一无调令,二无圣谕,三又不通知我,私自调兵是非法的。"

忽必烈发出强硬的命令:"脱里赤征集的兵卒全部遣散。"脱里赤把从牧户中征集的军士全部遣散,慌慌张张返回和林。

脱里赤派一名随从,驰速报告阿里不哥说:"忽必烈已经知道了您的图谋,现在最好的办法是,由您派一名万户长带着猎兽的海东青(大猎鹰)去见忽必烈,以去除他对您的怀疑。"

不久,忽必烈在燕京的衙门里来了一位万户长和一些随从。他们拿着阿里不哥慰问忽必烈的信件和五只海东青作为礼物,向忽必烈致以问候。来的万户大脑门,高额骨,黄脸堂,大个子。他给忽必烈叩完头说:"阿里不哥王爷从忽必烈王爷征云南和征宋回来就没有机会见过面,作为弟弟他非常想念您。大汗去世后,作为留守监国,阿里不哥又出不来,特派我们来给忽必烈王爷送来五只猎鹰以表敬意。为了在大汗去世后保持形式稳定,前段征集调动了一些兵,可能引起了一些误会。阿里不哥王爷请忽必烈王爷放心,现在已经停止调动军队了。特别是忽必烈王爷回来以后，更不必调兵了，可以确保蒙古平安无事。"

忽必烈王爷拿出几块从云南带回来的玉石，让万户转送给阿里不哥王爷。忽必烈说："误会解释开就好了，乌云被风吹散就晴天了，这下我们就放心了，一切都太平无事。谢谢他的好意。"之后，忽必烈设宴招待了万户一行人。宴会后，这一行人马回到了漠北哈剌和林交差。

忽必烈在第一个回合里，有理有利的取得了胜利。他快马加鞭赶往开平府。大家正等着忽必烈回来，因为很多事情等着他回来处理。

在开平府，忽必烈王爷见到了久别的王妃。忽必烈知道这些天妻子不知为他操了多少心，他拉着妻子的手，激动得不知说什么好，察苾一头扎到他的怀中。忽必烈想到妻子为了自己的事业，居无定所，领着孩子们到处漂泊，而有些事情又非常危险，不是一般女人能担当得了的。察苾把自己的生命和情感都放在了丈夫的事业上。这些年不管成功和失败，她都无怨无悔，同丈夫共同进退。

察苾不但是忽必烈生活上的帮手，也是他政治上的帮手，是忽必烈最爱的女人。也就是她，这位可敬可爱的女人为忽必烈生了四个男孩。长子朵儿只，早夭折了，还有次子真金、三子忙哥剌、四子那木罕。在忽必烈12名王子中，有4位是察苾王妃所生。在所有王子中，忽必烈最看中的是真金，他不但爱学习，聪明，而且心地忠厚、善良。

哈剌和林，阿里不哥派出多路将军为使者，邀请多路诸王顶着漠北严冬的大雪来和林参加忽里台贵族会议。

开平忽必烈的王爷府里外面下着鹅毛大雪，屋里热烈讨论着当前的局势。忽必烈已经两天两夜没有好好睡觉，他的眼睛熬得布满血丝，扬着嘶哑的嗓音对大家说："我已经通知字鲁率长江北岸的东路大军和兀良合台的南路大军尽快北返开平。另外，我们已经争取到东道诸王和部分西道诸王及大部分汉族诸侯的支持。从军事上来看，我们与漠北的军队力量差不了多少，完全可以与漠北对抗。当前首要的工作是争取塔察儿亲王（成吉思汗幼弟嫡孙），他所属蒙古千户最多，威望也最高，他是成吉思汗诸弟后裔之长。我已派廉希宪去做过他的工作，他同意支持我们。"大家听忽必烈工作做得如此之细，都放下心来，松了一口气。

开平府门外，阿里不哥派来的特使脱里赤来见忽必烈，忽必烈喊他进来。脱里赤见到忽必烈下跪叩头。脱里赤说："报告王爷，阿里不哥王爷派我来给您报信，请您务必参加蒙哥汗的葬礼仪式和参加忽里台大会。"

"你先回去吧，你告诉阿里不哥王爷，近日我很累，我要休息几天，我会考虑这件事的。"忽必烈冷淡地把脱里赤打发走了。

脱里赤走了以后，忽必烈继续开会议事，他对大家说："这件事让我左右为难。按照常理，蒙哥大汗的安葬仪式和忽里台大会我必须参加，但目前形势纷繁复杂，我怕他们为我设陷阱，我参加葬礼和忽里台大会是凶多吉少，前途未卜。可能一步走错，悔恨终生。请大家帮我出个主意。"

廉希宪进言道："阿里不哥是殿下母弟，本不该自身相残。但由于你们长期疏远，加之他的野心不断膨胀和坏人挑唆，他们很可能利用您参加会议之机加害于您。我们应该早立大汗，向天下公布福音。事情安危，不容再拖，希望王爷早定大汗。"

商挺也补充说："廉先生说的对，先发制人，后发人制。天命不敢辞，人心不可违，个人事小、国家事大，时机一失，万巧莫追。"

忽必烈觉得两位说得对，振作起精神，决心召开忽里台大会。

第十一回　忽里台会登汗位

　　1260年农历三月初，漠南龙岗开平王府。今天在这里举行一次蒙古国忽里台贵族会议，选举新的大汗。这是蒙古国产生新大汗的一种制度。此次会议意义重大，但却开的没有那么张扬，会议是在严肃紧张的气氛中进行的。

　　会场里，坐满了蒙古国的各路贵族，他们是西路诸王合丹（窝阔台之子）、阿只吉（察合台之子）；东道诸王塔察儿（成吉思汗弟帖木哥之孙）、移相哥、忽剌铁儿（成吉思汗弟哈赤温之子）、爪都（成吉思汗弟别里古台之孙）；到会的勋贵有孛鲁（木华黎之孙）、安童（木华黎之重孙）、兀良合台（成吉思汗虎将速不台之子）、阿速（速不台之孙）等，一共四十多位蒙古贵族。经过塔察儿做工作，参加会议的蒙古贵族一致认为，旭烈兀已到大食地区，察合台子孙在远方，术赤的子孙也在远方，而阿里不哥和一些人做了很多蠢事，如今应该选出一位大汗，国不可一日无君。大家认为，忽必烈文武双全，征云南大理和南宋都建有功劳，而且德性高，应该由忽必烈担任大汗。

廉希宪、商挺也积极发言劝进说："蒙哥汗已不在，国家不可一日无君，在成吉思汗的嫡孙中，唯有忽必烈王爷最长、最贤，适宜即汗位。"与会的蒙古贵族也积极劝进，说："忽必烈在太祖成吉思汗的嫡孙中，以贤以长都应该是你，你就即大汗之位吧。"忽必烈的异母弟末哥率领蒙古贵族给忽必烈行了三拜九叩之大礼，请他即大汉位。忽必烈再三推让，最后才在乐曲声中登上了事先准备好的御榻。察苾坐在忽必烈左边，忽必烈右边以下是皇子、勋贵、大臣、将军等；察苾左下方是其他嫔妃和公主等。忽必烈正式登上蒙古大汗位。

忽必烈登上大汗位时年46岁。第二日，司仪官王鹗宣布大汗登基诏书。王鹗是著名文士，他撰写的诏文文章华丽、言简意赅，大意是两层意思：一层叙述了忽必烈自鄂州前线北返的原因和被推举为大汗的由来和过程，抨击了阿里不哥的调兵乱国之事，阐明忽必烈继承大统的合理性；第二层意思指出成吉思汗以来"武功迭兴，文治多缺"和蒙哥"尊贤使能之道，未得其人"等缺陷，疾呼"宜新弘达之规"，主张在"祖述变通"的原则下建立一种适合于帝国广阔疆域的蒙汉二元政治文化秩序。此诏书反映了忽必烈的意图和政治主张，也是他登基后对臣民的政治交待。在这份诏书中充分表达了他革新的政治走向。

忽必烈即汗位的消息马上传遍了大漠南北、长城内外和西域。在忽必烈管辖地区，城里城外都贴满布告，晓谕全民。开平府还派出一百名急使到阿里不哥的势力范围内宣谕：我们的蒙古贵族都拥护忽必烈为可汗。

忽必烈即汗位的消息传到漠北，漠北阿剌和林的阿里不哥气得发疯似的。他在和林急忙召开蒙古贵族忽里台大会。参加和林忽里台大会的有蒙哥汗子阿速台、玉龙苔失，察合台孙子阿鲁忽，塔察儿子乃蛮台，合丹子忽鲁迷失和纳臣，斡儿塔子合剌察儿，大将阿兰达儿，重臣不鲁花等。阿里不哥在这些蒙古贵族支持下宣布即位蒙古大汗。

同一个蒙古国，同时产生两个大汗。双方派人交涉和谈判无果，敌意明显，必然要打一场骨肉相残的大战。

第十二回　争汗位南北对峙

　　为了减少与阿里不哥的直接冲突,忽必烈多次派人和阿里不哥交涉谈判,阿里不哥不但不同意谈判,还把谈判使者囚禁起来。同时,阿里不哥也派出以刘太平为总指挥的军队向开平府进攻。阿里不哥为什么会首先开战,因为他在军事上占据优势。在军事上,阿里不哥掌握着漠北大部分蒙古诸千户军队,他还掌握着浑都海元盘山的四万骑兵,原蒙哥汗的南征部队也都由阿里不哥控制。所以,阿里不哥的军事力量强于忽必烈。忽必烈军队主要是漠南的部队,包括南征的东路军、兀良合台的南路军以及汉侯万户的军队。在政治影响上,阿里不哥也强于忽必烈。一是忽必烈长期在外,有一段时间又被剥夺了军权,他在漠北汗廷影响力差;二是他没有监国的身份,而阿里不哥长期在汗廷镇守,又有监国的身份,原汗廷大臣都站在他的一边。忽必烈的政治优势是他在整治漠南地区时树立的政治威望和他在汉族军队中的影响，以及他征云南有功，而阿里不哥则没有什么功绩。打仗不但打军事和政治，更主要的是打经济。在经济方面，忽必烈占有绝对优势。他掌控的漠南，地域广阔，经济发达，他能调动大批军事物资；而漠北及吉尔吉思地区很穷，产粮少，难以筹集军事物资。

阿里不哥在军事上优势，忽必烈在经济上占优势，政治上各有所长，谁能运用战争规律和艺术，谁就能取胜。在人才和能力方面，在军事阅历方面，忽必烈远远超过阿里不哥。

忽必烈的战略战术是以漠北为主，秦陇为辅，集中优势兵力，主动出击，确保蒙古本土作战的胜利。

忽必烈与阿里不哥的大战是1260年农历五月拉开战幕的。虽然是在秦陇开战，但忽必烈并没有向秦陇地区派多少军队，他只是任命八春、廉希宪、商挺为陕西、四川等地宣抚使，赵良弼为参议。廉希宪、商挺、赵良弼原是京兆府官员，他们都在这些地方当过官，对那里情况熟悉并有些老关系。接到任命，廉希宪、商挺及赵良弼马上赶到京兆府。这时，阿里不哥早派尚书省官员刘太平抢先入京兆府。

廉希宪、商挺、赵良弼军队与刘太平两军相遇与京兆府。两军对阵，摆开半圆形，三通鼓后，刘太平手持双刀，出阵叫骂："来人可是廉希宪，不怕死的请出阵来。"

廉希宪出得阵来，十分愤怒，说："忽必烈大汗不叫我们与你们打仗，是与你们和谈的，是你们把和谈代表杀了，还主动出兵开平，今天我不得不与你交战。你必是我手下败将，你今天来必是寻死的。"

刘太平听完了廉希宪的话，大怒道："今天我非杀你不行！"边说双刀砍来，廉希宪挺钢枪接住。廉希宪枪法非常熟练，武艺高强。刘太平的武艺也在万人之上，他的双刀也砍的凶猛，在廉希宪身边形成一个由双刀组成的刀圈。两人疯狂似的厮杀，谁都不敢小瞧谁。二人在马上战了三十多个回合，不分胜负。正战到高潮之时，廉希宪忽然回马拖枪跳出战场，向南逃去。廉希宪过去经营过这个地方，他熟悉这个地方的环境。刘太平单枪匹马追赶不

第十二回 争汗位南北对峙

放。廉希宪跑过一片树林,正当刘太平要追上廉希宪时,从树林里杀出一些汉兵,他们截住刘太平的去路。刘太平正在发愣,汉军中闪出一员大将。这个汉将长得又高又大又黑,还骑着一匹黑马,他说:"你是来送死的吧,你中了廉希宪的计了,他把你引出来,是给你个机会,让你投降,你还不下马投降!"

"你是何人,为什么不报名字?难道想作刀下鬼吗?"刘太平知道中计,不停地大骂。

黑大汉在马上叫道:"我是万户侯刘黑马。你如果投降,我给你一条活路。"

刘太平大骂:"你这个汉贼,今天让你死在我的双刀之下。"这时,廉希宪又杀回来,他同刘黑马一同迎战刘太平。共战了几十个回合,刘太平有点体力不支,被刘黑马挑于马下,被俘。刘太平的助手霍鲁怀挺枪来救刘太平,被廉希宪挺枪挑于马下被俘。

刘太平所率蒙军与廉希宪所带蒙、汉军厮杀之后,败下阵来。这些军队多被廉希宪所带蒙军劝降投奔忽必烈旗下。刘太平和霍鲁怀被绞死在狱中。

为了消灭六盘山浑都海军,忽必烈军又与阿里不哥展开一场大战。阿里不哥派阿兰达儿和浑都海在甘州东山丹附近的耀碑谷展开与忽必烈的决战。忽必烈这方,任命威望高的窝阔台汗三子合丹统帅,战将有汪良臣、八春。

1260年农历九月,甘肃风大,合丹统率忽必烈大军与阿兰达儿、浑都海统率的阿里不哥大军会战于甘州东山丹附近的耀碑谷。两军相持两个多月,不分胜败。

阿兰达儿和浑都海率大军叫阵三日不见合丹出兵。阿兰达儿叫骂:"尔等如果怕兵败,可以投降阿里不哥大汗,躲在城里不出来难道等死吗?"第四日,阵前闪出宗王合丹、将军八春和汪良臣。

合丹正色说:"不是我们不敢出战,而是不想同你们打仗。我等诸王都拥护忽必烈亲王为大汗,作为弟弟的阿里不哥应当承认亲哥为汗,希望我们不要刀兵相见。"

阿兰达儿大骂:"合丹王爷,你今天不是来打仗的,我看你倒像个说客。阿里不哥是监国,理当为汗,你们如果不从,那就拿头来为我们阿里不哥大汗祭祖吧！"

"阿兰达儿中书，你和浑都海如果今日不投降，明日会后悔的。"

阿兰达儿冷笑道："我等深受阿里不哥大汗之恩，当以死报，死活不在话下。我方军力多，不怕你忽必烈军队不败。"

合丹见说不动，只好同阿兰达儿对决。合丹身材高大、腰细肩宽，眼似铜铃，面威而不猛，手握单刀，他同面色憔悴的阿兰达儿战了二十个回合后，只见合丹从马上藏起单刀，取下铁胎弓，搭上箭，左手如拖山，右手如托婴儿，只听"嗖"的一声响，一支箭正中阿兰达儿左腮。阿兰达儿痛得不得了，被合丹一把拉下马来，俘获。

八春和汪良臣虽然双战浑都海也不敢轻敌，因为他们知道浑都海骁勇善战。他二人同浑都海战了二十多个回合不分上下。这时，浑都海的士兵上来助战。汪良臣则命令士兵下马，顶着风沙以短兵相接冲击敌军的左翼，又派一支军队绕其阵后冲击敌军右翼。八春则直捣敌人前部，合丹又指挥大军挡住敌军退路。经过一番苦战，敌军大败，浑都海战死，合丹收编归逃之兵，壮大了自己的队伍。阿兰达儿则被处死。阿兰达儿和浑都海首级悬吊于京兆府城门三日。

阿里不哥所派西路军企图进据秦陇蜀的计划全部落空，忽必烈则将关中等地的军事、行政、财务大权牢牢掌握在自己手中。

第十三回　亲自征阿里不哥

忽必烈从 1260 年夏季就调兵遣将筹措军需粮草，集中蒙古军和汉军主力，积极为决战漠北做好准备。

秋冬之交，忽必烈亲自率军进攻和林。自哈剌和林建宫以来，该城粮食通常是从汉地运来。这次战前，忽必烈下令封锁粮食运输，和林城便发生大饥荒，使阿里不哥陷入绝境。

这一决战，忽必烈为主帅，诸王移相哥和合丹为先锋。阿里不哥则派出旭烈兀的长子主木忽儿和合剌察儿与忽必烈大战。

只听三声炮响，忽必烈跃马来到阵前，他头戴盔甲，身穿黄色战袍，手持宝剑在军旗下督战。

诸王移相哥和主木忽儿两人骑马站到阵前，各显英雄本色。移相哥拍马挺枪来到阵前叫阵："主木忽儿王子，你为什么上阵打你的亲伯父忽必烈？"

小将主木忽儿用剑指着移相哥说："忽必烈是我亲伯父，但他尽为汉人办事，把大官都让给了汉人，他还欺压蒙古人，他是蒙古人的叛徒，所以，我反对他！"

移相哥说："忽必烈汗为建立统一的国家而团结各族人民，我拥护他，我们各为其主，看枪！"移相哥和主木忽儿两位战了二十五个回合不分胜负。忽必烈叫鸣金收兵。

忽必烈阵前又跑出合丹，他叫阵成吉思汗大儿子术赤的孙子合剌察儿出战。

合剌察儿小将骑马跑到阵前，他振臂举着大刀喊："合丹。蒙古大多数诸王都站在阿里不哥汗一边，你们怎么帮汉人打蒙古人呢？你们还是成吉思汗的子孙吗？"

合丹也不让劲，挺枪上前对哈剌察儿说："你小孩懂得什么？汉人和蒙古人都是中国人，成吉思汗也是为建立一个统一的国家才战斗的，所以没有叛徒之说。你以为旭烈兀和术赤家族有你们两个混蛋参战反对忽必烈，黄金家族和蒙古人就能反对忽必烈，事情不是这样的，将来蒙古人都会拥护忽必烈的。"

"看刀，你这个投降汉人的混蛋！"合剌察儿一边骂，一边拿刀就劈，他和合丹大战三十个回合不分上下。合丹拖枪便走，合剌察儿上来一刀砍空，合丹一个回马枪把合剌察儿战盔的红缨挑掉，合剌察儿吓得拖枪而逃。正在督战的忽必烈指挥大军冲上去，阿里不哥的军队被击溃，主木忽儿和合剌察儿携少数残兵逃跑。

阿里不哥军队失败的原因，一是人心不齐，二是因为缺乏粮草，人心慌了。阿里不哥放弃了和林，狼狈逃窜到西北方面的吉尔吉思（今叶尼塞河上游的吉尔吉思）湖附近的大营。忽必烈军队占领了和林，忽必烈坐在了大汗的御榻上。忽必烈不仅击败了阿里不哥对漠南的进犯，而且也歼灭了他的全部精锐部队，使他的元气大伤。阿里不哥回到吉尔吉思大营中仍然很害怕，他对身边的人说："忽必烈如果追赶起来，我们就全完了，要想个办法。"他身边的人给他出主意，让他来个缓兵之计，派人到忽必烈那里服罪。

第十三回 亲自征阿里不哥

忽必烈在和林的万安官里，收到了阿里不哥的来信。信中说："忽必烈哥哥，我们这些兄弟有罪，我们是出于无知而有罪的。你是我们的兄长，可以对我们加以审判。无论是昐咐我们到什么地方，我们都会去的，绝不违背兄长的命令。我养壮了畜生再来见你。"

忽必烈看完阿里不哥的信，高兴地说："浪子回头了，清醒过来了，聪明起来了，回心转意了，承认了自己的过错。"安童在一旁听了信的内容之后对忽必烈说："他信中最后一句话——'我养壮了畜生再来见你'，好像话里有话，要加小心，我预感他要卷土重来！"忽必烈看完弟弟的心深信不疑，没拿安童的话当回事，急忙率军南返，留下移相哥镇守和林。

1261年秋，秋高气爽，从晴空万里的远处飘来一块乌云。

几个月的时间，阿里不哥把马养肥了，兵士们的精神状态也好了。他没有信守诺言，正如安童预料的那样，他违背自己诺言再次攻打忽必烈。在阿里不哥心中根本没有"诺言"二字，只有现实。当阿里不哥接近驻守和林的移相哥大营时，他派出急使给移相哥送信，信中说是来投降的。移相哥真以为阿里不哥是来投降的，组织士兵热烈欢迎他的投降。阿里不哥则趁移相哥麻痹大意，不加防范之际，突然发动袭击，打散了移相哥的部队，攻占了和林。

阿里不哥马不停蹄地穿过草原，气势如虹地杀向漠南，矛头直指忽必烈龙岗的宫殿。

忽必烈在开平的大殿里，听说阿里不哥伪装投降归顺，卷土重来攻占和林的消息，气得浑身发抖。他和宫内官员研究之后，决定调几路兵马参战：一是调动张柔等7个万户的7处汉军；二是命令董文炳率射手千人；三是塔察儿率军万人同自己出征。

1261年农历十一月，忽必烈大军与阿里不哥军队大战于苦土木淖尔（今蒙古国苏赫巴托省南部）之地。

忽必烈披挂上阵，骑马观战。他右军为诸王合丹和驸马腊真的队伍；左军为诸王塔察儿，史天泽的队伍；中军为诸王哈必赤队伍。

诸王合丹等首先弑杀阿里不哥3000人马；塔察儿又分兵奋击,大破敌军,追击败军五十余里；忽必烈指挥右军进攻；史天泽率领左军进攻。在忽必烈强大的攻势下，阿里不哥有些部将率队投降，阿里不哥则向北方逃窜。众将想趁热打铁彻底消灭阿里不哥残部，所以都主张追击。忽必烈却说"不要追击他们，都是些不懂事的孩子，应当使他们明白，后悔自己的行为。"

苦土木一战，彻底打败了阿里不哥，他再也没有力量向忽必烈进攻。

阿里不哥在漠北深处，经常欢饮作乐，肆意杀害当地军民，引起麾下蒙古贵族不满，开始众叛亲离。蒙哥汗的儿子玉龙答失偕同一些千夫长离开了阿里不哥投奔忽必烈，他还向阿里不哥索回一颗大玉玺，后来交给了忽必烈。

1264年农历七月，走投无路的阿里不哥只好归降忽必烈。当他们走到开平府的时候，忽必烈命令士兵列队接受他的投降。

忽必烈正开庆功大会，设庆功宴。宴会既热烈又严肃。先是热烈的庆功，等阿里不哥来时，会场又变得很严肃。先是让阿里不哥站在侍从所在的地方。再经塔察儿的请求，忽必烈允许他同亲王们坐在一起并参加欢宴，但忽必烈命令阿里不哥按在草原上有罪人请罪的习惯披着大帐的门帘入帐觐见。

忽必烈望着在疆场上同他操戈的弟弟，昔日的怨恨和骨肉之情交织在一起，忽必烈还是留下了眼泪，他向阿里不哥说："我亲爱的弟弟，在这场战争中，我的朋友都是我的兄弟，而你是我的兄弟却不是我的朋友。在这场战争中谁对了呢？"阿里不哥答："当时是我们，现在是你们。"看来阿里不哥依然不服气。忽必烈问："你为什么反对我称汗？"阿里不哥答："你称汗是把我们成吉思汗爷爷打下的江山送给汉人。"忽必烈急切地说："族与国不是一回事。一个国家可以有许多民族。一个民族只是一个国家的一部分。掌握国家权力的人不应只为一个民族掌权。建立国家各个民族都出了力，征云南大理时，就有很多汉人的军队和官员。汉族在中华民族中占大多数，中华民族的文化儒家文化是中华民族共同的文化。我们亲近儒家文化有错吗？"阿里不哥只是低头不语。

忽必烈命令塔察儿等王爷和蒙汉官员们共同审讯了阿里不哥，一致决定：宽恕阿里不哥，赐他以自由。第二年秋天，阿里不哥因忧郁成疾，病死。

第十三回　亲自征阿里不哥

关于对阿里不哥的处理方法，忽必烈专门向母弟伊利封国君主旭烈兀及察合台封国君主阿鲁忽、术赤封国君主别儿哥遣使，说明情况并征求意见。他的弟弟旭烈兀指责他让阿里不哥披门帘入觐的做法，令宗亲蒙受屈辱。忽必烈欣然接受意见，承认自己做的有点过分。但以公事公办的角度，他又觉得自己做得没有错。

在处置教唆挑拨作乱反抗忽必烈的蒙古贵族和官员们时，忽必烈拘捕了一千多人。他认为就是这些人唆使阿里不哥反对他当大汗，应当处死这些人。因为他们的唆使发动了战争，死伤无数将军和士兵。在如何审讯和处置这些被拘捕的战俘时，忽必烈本想杀掉这些人，当他征求负责审讯的木华黎的重孙安童时，安童不同意杀这么多人，他说："双方打仗，各为其主，不能把发动战争的罪过加到他们身上，不能以私人的感情处置这些人，否则不会服众。"忽必烈觉得安童的意见是对的，于是采纳他的意见，在这一千多人中只杀了 10 名罪大恶极的战犯，因为这 10 人积极怂恿阿里不哥叛乱，属于罪大恶极。安童虽然年轻，但往往能提出很高的见解，很受忽必烈的信任和重用。

085

第十四回　取易经建国为元

忽必烈早早就起来了，他在天亮前的院子里，一边呼吸着春天的空气，一边思考着中国的问题。阿里不哥彻底失败了，这让忽必烈心里去了一大块心病。其实，忽必烈同阿里不哥进行较量的同时，忽必烈一直加紧创立新王朝的工作。中国从唐朝以来历经五代十国，一直征战不断，遍生烽烟，天下扰攘，人心慌慌，苦不堪言。忽必烈认为，中国如果出现大一统的局面，可以为百姓提供一个比较安定的生活和生产环境，有利于经济的发展，有利于民族之间的交流和团结。所以，忽必烈要立志为中国统一事业做贡献，他决心要完成祖父成吉思汗未完成的统一中国的事业。忽必烈和他的汉族谋士们都认为，中国是个讲究正统的国家。蒙古族是个少数民族，蒙古族能否成为正统？忽必烈一直思考这个问题，他和刘秉忠，郝经等人研究过这个问题。

他们共同认为，在中国哪个民族能入主中原，哪个民族就是正统。另外，他们还认为中华民族应该是一个整体，以中华民族的利益为最大利益。所以，忽必烈能在他的政权里，既能团结汉族，也团结其他民族。

1260年，忽必烈登上汗位，他就建立起"中统"年号。他所以把年号改为"中统"，就是要表明这个政权是中华正统。随后，忽必烈开始定都邑，这是他建正统的初举。1263年3月，忽必烈定都开平为上都；1264年，定燕京为中都，后改为大都，后定为国都。

1271年冬初，上都歌舞升平。忽必烈模仿汉王朝的制度，建立了大元朝。建立元朝就要有朝仪，元朝的朝仪是对汉、唐、宋等朝代有关朝仪的承袭和变通。

1271年农历十二月，忽必烈在大都燕京首次举行了大元朝的朝仪，庆祝"蒙古"的国号改为大元。首次朝仪，设仪仗于崇天门内外，虎贲羽林，孤弓摄矢，分列东西，陛戟左右，教坊陈乐于中。皇帝忽必烈和皇后察苾出阁升御榻。谒者传警，鸡人报时。妃嫔诸王驸马和丞相百官分班行贺礼。具体礼节有鞠躬、六拜、三舞蹈、三山呼、三叩头等。丞相带领大家祝赞曰："溥天率土、祈天地之洪福，同上皇帝、皇后万岁。"朝仪结束后，要举办蒙古族传统的质孙宴。

在中央统治机构方面，忽必烈仿照前朝旧制，在中央设立中书省掌握全国行政，设枢密院掌管全国军事，设御史台掌管监察。这三个机构作为中央的主要行政机构。对于中央这三个机构，忽必烈很满意，他对刘秉忠说："天下国家，譬犹一人之身，中书省是我右手，枢密院是我左手，御史台是我医治左右手的。"

中书省的最高长官为中书令，由皇太子兼任，太子未立时空缺。下设官员有：右丞相、左丞相各一人，总领省事，统领百司；平章政事四人，为丞相副手；右丞、左丞各一人，参知政事三人，为执政官。中书省司职为"佐天子理万机"、"统六部率百司"。主要是帮助皇帝决策，发布政令，监督六部施政或亲自处理政务。

中书省设六部：吏、户、礼、兵、刑、工六部，部的首长为尚书。

地方的行政机构为行中书省，行中书省中的官职设有行中书省、丞相、平章政事、右丞、左丞、参知政事。

忽必烈在全国设立 10 个行省：陕西行省，包括今陕西及甘肃、内蒙古部分地区；甘肃行省，包括宁夏、甘肃大部分、内蒙古一部分；辽阳行省，包括辽宁、吉林、黑龙江三省及内蒙古一部分，黑龙江北乌苏里江（今属俄罗斯）地区；河南江北行省，辖今河南以及湖北、安徽、江苏三省长江以北地区；四川行省，辖今四川大部分地区以及陕西、湖北两省部分地区；云南行省，辖云南全境、四川和广西部分地区及泰国、缅甸两国北部地区；湖广行省，辖今湖南、贵州、广西大部分地区以及湖北、广东两省部分地区；江浙行省，辖今浙江、福建两省，安徽、江苏部分地区以及江西部分地区，包括台湾；江西行省，辖今江西、广东大部分地区；征东行省，设在高丽，行省丞相由高丽国王兼任。在十个行省以外，在漠北设和林宣慰司都元帅府，在维吾尔地区设两个宣慰司都元帅府，西藏由宣政院直接管辖。忽必烈在行省下设路、府、州、县。有的路与州平级，有的府由行省直接管辖。不普遍设路和府，实际是三级制。忽必烈确立的行省制，是中国地方行政制度的一大变革，发展了秦汉以来的郡县制，有效地防止了地方分裂的格局和割据，它在中国地方区划和行政制度史上占有极其重要的地位。省、县作为行政机构一直沿用到现代。

忽必烈的决策机构形式是省院台大臣奏闻会形式。奏闻会时间、地点不固定，参加会议的人是大臣和护卫近侍，该会决定的是国家大事，主持人为皇帝。忽必烈改变了过去蒙古忽里台贵族大会决定大事的制度。

第十五回　平李璮罢汉世侯

　　山东济南大明湖畔，鸟在天上飞，大明湖里的鱼在游。在山东世侯和大都督府里，大都督李璮刚起床，正在披衣服的时候有人来敲门。李璮长得又高又大，黑脸膛，肉皮子很粗，他的脸和地上的土一样黑。李璮一边穿衣服一边喊"进来"，进来的人是一个二十多岁的小伙子，长得和李璮差不多，像一个模子刻出来的。小伙子进屋后说："爹，俺接到您的信，是连夜骑快马偷着跑回来的。"李璮说："好、好，你回来我有重要事与你说。"进来这个人叫李彦简，是李璮的儿子，是作为人质留在忽必烈那里的。他是趁忽必烈和阿里不哥打仗之机跑回来的。李彦简瞪着眼睛追问："爹，您找我有什么急事？"李璮说："爹要起事反对忽必烈，我要你回来帮我送几封联络起事的信，特别是给宋朝的信，必须你亲自去送，要求他们支援。"

"爹，蒙古人给您的地位已经不低了，您还要反对蒙古人？"李彦简说。

"爹不要蒙古人给的官，我要自己当皇帝，将来你和你哥就是皇子，你还有可能当太子呢？"李瓐说。

这个李瓐是怎么成为世侯，又当上大都督的呢？说来话长。李瓐是金朝末年红袄军领袖，后来成为山东南部豪强军阀李全的养子。李全早年在红袄军时与金朝打仗，后来兵败投降南宋。不久，李全见蒙古大军压境，又投降了蒙古，被授予山东淮南楚州行省，节制山东。后来，李全又随蒙古大军攻宋，在战场上被宋所杀。李全死后，他的养子李瓐袭职，继续统治益都等地，并发展成为节制山东的世侯。李瓐是一个想搞地方独立王国进而自己当皇帝的人。当自己的势力难以同蒙古对抗时，李瓐表示臣服蒙古，利用蒙古与南宋的矛盾积极发展自己的势力。为了实现自己当皇帝的梦想，李瓐一直在发展自己的势力，并且寻找起事的伙伴，忽必烈朝中的中书省平章政事王文统就是他的政治伙伴。王文统是金末的一个经义进士，想投靠汉族势力的军阀。于是，王文统以自己所学权谋之术游说汉人世侯。后来，王文统得到李瓐的赏识，他答应帮助李瓐实现皇帝梦。于是，王文统做了李瓐的幕僚。王文统才华出众，被李瓐指定为他儿子李彦简的教师。王文统为了更进一步靠近李瓐，把自己的女儿嫁给李瓐为妾。为了利用蒙古势力实现自己的野心，李瓐还娶了成吉思汗幼弟铁木哥斡赤金后王塔察儿的妹妹为妻。

听了李彦简的问话，李瓐说："当世侯、当大都督，什么时候都是为别人卖命，我要自己当皇帝，好给你们哥几个留下一片好江山！"

李彦简慌忙中想起一件事，他伸手从裤子里掏出一封信，说："这是我老师王文统通过他儿子王尧转给您的信。"

"赶快把信给我看看。"李瓐一把抓起王文统的密信。他展开信纸，信上只有三个大字——"期甲子"。

李瓐生气地说："王文统这个人让我怎么说好呢？论年纪比我大，论辈数比我高一辈，满肚子学问，就是没有胆量，办事总是瞻前顾后的，写个信，只有三个字。"

"他不让您立刻起事，一是时机不成熟，二是他觉得他反对忽必烈有些对不起忽必烈。忽必烈给他那么高的官，叫他担当中书省平章政事，主管中

第十五回 平李璮罢汉世侯

原汉地事务。我这辈子要能做那么高的官也就满足了，我也不愿冒那么大的风险起事！"李彦简说。

"真是没出息，给你那么点好处就心满意足了？忽必烈对我也不薄呀，加封我为江淮大都督；我说防宋军攻击而筑城，他就下诏出金符十、银符五授我；我诡称我攻涟水大捷，他又奖我金符十七、银符二十九，还给我发兵器。他给我那么多好处，我都没有被感动，照样要反对他，我照样要自己当皇帝。另外，借重攻宋朝，乘机扩充势力，以求一逞当皇帝的想法，是他王文统提出来的呀，他今天怎么想打退堂鼓了呀？"

"爹，以您的力量，能打败忽必烈吗？我在他身边呆了几年，我觉得他人气足，有智谋，是个了不起的人。"李彦简小心地劝他父亲。

李璮说："不要长他人志气，我要趁他同阿里不哥打仗的机会灭了他，让他腹背受敌。另外，我要来个三面夹攻忽必烈，你快吃饭，吃完饭赶快骑马把我给宋朝的信送去，我要他们支援我。我已答应他们，起事成功后，把涟、海三城献给宋朝，并向南朝纳款。你告诉他们，要宋朝那边封我为齐郡王。实际，我只是骗取宋朝的支援。那个什么'齐郡王'算什么，我是奔当皇帝去的，打完忽必烈再打宋朝。当年你爷爷当红袄军起义就是为了当皇帝。"

傍晚，在燕京近郊元军帐内，人声鼎沸，张灯结彩，军队在开庆功宴会。

宴会已经接近尾声，忽必烈皇帝由近侍服侍离开会场来到另一个军帐。他刚到军帐里的桌前坐定，近侍官凑到他耳边报告："陛下，新任济南路总管张宏已在外面等候多时，说他有要事要亲自向您报告。"

忽必烈喝了点酒，有几分醉意，他说："天这么晚了，我又要回京城，我也累了，等明天再见吧！"

近侍官说："陛下，张宏说他此次来有要事，希望能立刻向您禀报！"

"好！让他进来吧，我也正好有事想问他。"忽必烈勉强说。

张宏，中年汉子，圆圆脸，中等个儿，挺严肃的一个人。他进来首先给忽必烈行三拜之礼，跪在地上说："卑臣拜见皇上，祝皇上万岁！"

"不必跪了，上前说话！"忽必烈给张宏赐座。

"下官有要事奏报陛下！"张宏说话间，看了一眼皇上周围的侍从，忽必烈示意众人先下去。周围的侍从人员全部出去了。

"屋中只有我一个人,你说吧!"忽必烈说。

张宏毫无顾忌地说:"陛下,李璮今日加修城墙,储存粮草、蓄养强兵,截留山东的盐课和赋税等,我认为他是为了反叛朝廷做物资准备。他还与王文统勾结,拒不使用中统钞。李璮儿子李彦简也在陛下出征之机逃回益都。这些都证明李璮要反朝廷。"

忽必烈招呼近侍:"够了,这些就是足够证明李璮要反了!关于张宏总管来见我之事,一律不准对外讲!"

忽必烈在张宏退下之后,没有返回燕京,也没有来得及睡觉,连夜派人送信,叫益都宣抚副使王盘进京来见他。

不几日,王盘进京来见忽必烈。王盘将军戴着盔甲,穿着战袍来见皇上,他对忽必烈说:"李璮叛乱的事确有动向,我正想派人向陛下送信。李璮答应事成之后,以献出涟、海三城为条件,向宋朝纳贡,换取了保信宁武军节度使、都视京东河北军马、齐郡王官爵。"

听了王盘的话,忽必烈印证了李璮确实要造反,有些人不敢及时汇报,他们是惧怕朝中的参知政事王文统。忽必烈还了解到,李璮尽杀境内蒙古兵,还把益都的府库打开犒赏他旗下的将士。李璮还攻占了济南府。

忽必烈召集大臣们研究如何应对李璮的叛乱。

姚枢说:"听了王盘将军讲的情况,跟我事先估计的情况差不多。从李璮那方面来说,他此行有三策,一是乘我们打阿里不哥之机,从海上直捣燕京,这是他的上策;再就是,与宋朝联合,据守益都,以持久方针,经常出兵扰我边境,使我疲于往返奔波,这是中策;如果出兵济南,等待山东、河北等地汉族军阀应援,这是下策。我预料他要使用下策。李璮目前使用的都是些小动作。陛下,李璮虽然目前在益都和济南得手,但那都是他原来管辖的地方,他并没有把战事往前推进一步。为什么?他手中只有五六万军队,自难单独同陛下几十万大军抗衡。我们虽然处在南北两个战场,但只要我们拿出一半军队对抗李璮,他就吃不消了。正因为如此,他的军队不敢远途奔袭燕京,这样做风险很大。他目前即使得一城一池的小胜,但动摇不了陛下的根基。他没有胆量直指燕京,这是其一。其二,李璮不得人心,这是个重要条件。他的政治信誉很差,他事先可能没有估计这个因素。他长期首鼠两端,不但会使军阀们反感,百姓也会反感,就是宋朝方面也怒其反复无常。由此可以说,宋朝不可能和他精诚联合。他们打的是反蒙归宋的旗号,这一招更不聪明,因为宋朝腐败,他们会大失人心。"

在一旁的益都宣抚副使王盘插话说:"李璮进据济南,企望山东、河北等地汉人世侯会出兵,望穿秋水也未见一人。他去德州联系起兵反蒙,德州军民总管刘复亨却以斩他的使者作答复。"

姚枢说:"人们都看出陛下统治中原是大势所趋,谁也休想扭转这个大局面,这就稳定了人心,也决定了这场战争的胜利。因为谁也不可能追随政治声誉很差的李璮去轻率举兵,盼统一是当下的民愿,没人愿意反朝廷,陛下就是我们的众望所归。李璮这次反叛,就是用一艘的小船去撞大船,他注定是要翻船的。李璮这场政治赌博输定了。"

"根据这种政治局势,我们采用什么用兵之策呢?"忽必烈看着姚枢的脸问。

"关于用兵之策,下官的意思只有两个字'围剿'。"

"你跟朕想到一块儿去了!"忽必烈在一旁拍手叫好,他上前握住了姚枢的双手。

在山东济南总督府,李璮宣各路将军来到殿前,他宣布了进攻蒙古朝廷的檄文,正式宣布反蒙拥宋。按李璮的命令,在李璮辖区内,到处杀蒙古士兵。李璮叛变的消息传到燕京,获悉李璮正式举兵叛乱,忽必烈发布讨李璮诏书。

在漠南各大城市的城墙上,张贴着元朝皇帝颁布的诏书,诏书历数和揭露李璮背信弃义、反叛朝廷的罪行。很多人围着诏书看,看完诏书大家骂李璮忘恩负义、首鼠两端,说他对不起朝廷。看来,李璮这次反叛很不得人心,人心都向着朝廷。

在燕京,文武官员朝见忽必烈。忽必烈一身戎装,调集各路蒙汉军队到广场集合听令。

忽必烈命令各路大军共 15 万人,急向益都、济南齐聚。

忽必烈任命合必赤为诸军统帅，随军参加指挥的还有右丞相史天泽和平章政事赵壁，实际是3个统帅。忽必烈还命令真定、邢州、大名等12路修缮城堑，组织百姓为兵守城，以防李璮进犯。又命令赵壁行中书省事于山东，配合山东的军队行动，为军队筹备粮草。忽必烈对全民做了动员，为消灭李璮做了充分的准备。

元朝云集的军队开始向益都和济南进军。元军参加围攻济南的军队有17路之多，包括高丽军等。侍卫亲军李伯佑、蒙军都元帅阿剌罕等率先攻李璮军队于距济南50里的老僧口。史枢、阿术所率军又在清河大破李璮叛军4000。接着，万户韩世安等大败李璮军。李璮受到初步打击，被迫龟缩回济南，转为消极防守。

南宋命知淮安州兼京东安抚副使发兵援助李璮，但夏贵不卖力，只在蕲县等处采取观望态度，实际上李璮是孤军作战。

李璮进据济南守城不出，元军团团围住济南城。李璮向南宋求助，南宋军从浮海进攻沧州、滨州，企图从侧翼接应李璮军队，但被滨棣安抚使韩世安部击退。李璮组织向城西元军阵地突围，行军总管张弘范早加深壕沟并埋伏士兵，李军士兵突围之后陷入深壕，被元军伏兵所杀。

由于蒙军围城使城中缺粮，李璮命士兵到百姓家中抢粮。百姓同士兵讲理，士兵说："抢粮是李璮的命令。"结果百姓都骂李璮。最后，李璮军队饿得以军马为食，有的还以人肉为食。济南城内百姓因无法生活，向城外逃生，士兵也逃出城外投降。

元军侍卫军指挥使董文炳，抵达济南城下劝降，呼唤李璮爱将田都帅投降。董文炳向田都帅喊话说："田都帅，反将只是李璮，你们都是受欺骗者，只要投降过来，仍然是我们的人，希望你们再不要执迷不悟，自取灭亡。"田都帅听完了董文炳喊话之后，毅然率部投降。

济南城里大都督府内，士兵侍女乱作一团。李璮之妻李王氏跑来找李璮告状，说："下人和侍卫一整天都不给我做饭，他们想饿死我不成？"

李璮气汹汹地说："外面马被人吃光了，都人吃人了，你还想吃饭？是我叫大家散去的，让大家各寻出路去吧，不然都得饿死这里。"

李璮一个爱妾哭哭啼啼撒泼，找李璮要吃的。李璮急了眼，上去来了个一剑穿喉，杀死了爱妾。李璮杀死爱妾之后，自己跳上一条小船，想驶入大明湖。因为水太浅，小船动弹不得，小船在水中打转。李璮本想溺水自杀，由于水浅没被淹死。正在这时，李璮部众奔上前来，李璮以为是救自己的，这些人却不由分说就把李璮五花大绑绑起来，把李璮送到元军大营里。

整个济南城四门开放，城内人拼命往外涌，以求活命。城外元军则往城里冲，去抓李璮余党。

在李璮衙门的大厅里，帅案边坐着右丞相史天泽、宗王塔察儿、合必赤、大将阿术、张弘范等。

"将叛贼李璮带上来！"史天泽大声命令。

脸黑如炭的李璮被五花大绑推到大家面前，而这个大殿几个月前还是李璮发号施令的地方。

右丞相史天泽疾言厉色发问："叛贼李璮，皇帝对你不薄啊，你为什么要反叛？"

李璮双眼通红，横眉暴跳，大骂："你今天装得像个忠于忽必烈的人，往日你同我一样，脚踏两只船，你是个出卖朋友之人！"

"你死到临头，还血口喷人！"史天泽大怒。

"拉出去斩首示众！"史天泽命令。

站在一旁的阿术、张弘范也都说："把他拉出去斩了！"这时，坐在桌边的宗王、李璮的妻兄塔察儿大声喊："李璮身为都督，对他如何处理，要由皇上来决定，我们无权决定！"

"在这种场合，请塔察儿亲王不要因为李璮是你妹夫你就袒护他！"史天泽暗指李璮是塔察儿的妹夫。

"你真是个……"塔察儿在确立忽必烈为汗的问题上立过大功，气得直发抖。他大声喊道："你史天泽没权处理李璮。"

"我是攻打李璮的元帅之一，我有皇上给我的指挥蒙军、汉军的诏书在此，谁敢阻止我！"

听了史天泽的话，阿术、张弘范让士兵把李璮拉出大殿肢解后，首级挂到济南城门之上。

宗王合必赤命令士兵："士兵入城之后滥杀无辜百姓者以军法处置。"济南城内很快恢复了正常秩序。

在燕京皇宫大殿的龙案之后，忽必烈睡眼惺忪，正襟危坐思考问题，殿外传来喊喊喳喳的声音，忽必烈问近侍："外面有何事？"

近侍答："外面有人要进殿参劾平章政事王文统，有人发现王文统曾派其子王尧与李璮互通信息，指使李璮叛乱！"

忽必烈疾言厉色地命令："把王文统给我带上来。"王文统被带上大殿，忽必烈问："王文统，你促使李璮叛乱有多长时间了？这件事情人们都知道。今天我问你，你们是怎么筹划谋反的，要说的详细一点。

王文统失魂落魄地回答："我都忘了，等我写完再奉告皇上。"

王文统很快写完，交给忽必烈，忽必烈命他自己读。文中有这样字样："我的命如一只小蚂蚁，如果能放我一马，让我不死，我一定保证陛下获得江南。"王文统希望忽必烈不要杀他，他可以帮助元朝消灭南宋，统一中国。忽必烈听完王文统的话，很不满意，认为王文统是有意拖延时间以保命。恰在此时，有人把查获的王文统给李璮的3封信送上给忽必烈。王文统见他给李璮的信，吓的出了一头冷汗，不敢正视忽必烈杀气腾腾的面孔。

忽必烈目不斜视，看向王文统："你信中对李璮说的'期甲子'是什么意思？"

王文统脸色苍白如灰，说："李璮早有谋反之心，我也被牵连其中，不敢叫他起事，我打算把李璮叛变之事告诉陛下，因为陛下出兵平北方之乱，未能相告。为了拖延李璮数年，甲子之期，是为拖延他反叛时间。"

忽必烈横眉怒目地说："你不要再多说了，我把你从一个布衣提拔成为有权有势的大臣，我对你不薄，你为何辜负我，而做如此卑劣的事情？"

忽必烈命令把中书省平章政事王文统关押起来，等候处理。随后，命人把刘秉忠、姚枢、王鹗、张柔、窦默等人召集上来，他把王文统给李璮的3封信放在龙案之上，让大家看，然后问在场的各位："你们看给王文统定个什么罪？"在场的大臣都说："叛乱者必杀！"唯独张柔大声说："应该把他处以极刑，把他的身体剁成许多块。"忽必烈希望大臣们拿出个统一的意见，大家齐声说："该死！"

忽必烈下令以与李璮同谋罪，杀死了王文统及其子王尧，并诏谕天下，说明了他有负于国家对他的恩情和信任，他对李璮叛乱知情不报，并且纵容和庇护，因而对他处以极刑。

晚上，忽必烈借着灯光坐在案前阅卷，察苾坐在他身旁用毛笔写字。

忽必烈看见妻子的一双凤眼已有睡意，就说："你怎么还不睡呢？"

察苾说："我看你不睡，我就随着你，顺便给孩子们抄点《弟子规》。这么晚了，你为什么还不睡觉？"

"最近王文统的事让我太烦心！"忽必烈说。

"王文统不是处死了吗？"察苾问。

忽必烈说："王文统人是死了，可牵扯到推荐他的不少人。王文统是由廉希宪、张易、商挺、赵良弼、刘秉忠这些人推荐的，我们能怀疑这些人有问题吗？"

"我不懂政事，但我想这些人推荐王文统可能出于好心。一是王文统是有名的进士，他们是看他有学问，未必是出于坏心；二是王文统能理财，他们是为了让他给你理财。王文统执政期间，参与国家重大政治方针的制定、革除赋税、整顿吏治、发行中统文宝交钞方面也做了很多工作，他使国家财政收入大增，在这方面说明推荐他的人没有错；三是，王文统是李璮岳父，大家对他们私人的事了解不够，了解人是件很难的事，所以也怪不得推荐的人。"察苾不是一般女人，经她一说，事情清楚不少。

忽必烈听到察苾说到这里，心想：察苾真是我的好皇后，她看问题深刻，还富有人情味。忽必烈对察苾说："王文统这个人很有才，我对他也认识不够。有一次，我同姚枢讨论天下人才时，当提到王文统时，姚枢曾对我说过——'此人学术不纯，以游说于诸侯，他日必反'，我当时没有注意。此人真被姚枢说中了，这个姚夫子真是个圣人！"

"你们说王文统与李璮有染，知情不举是证据确凿无疑的，没说他里应外合是符合实际的。处理人时，要让人心服口服。"察苾放下笔和忽必烈讨论起王文统的事。察苾问："你打算怎么处理这几个举荐人？"

忽必烈说："有个南宋俘虏费姓费，他诬告廉希宪、商挺在关中同李璮同谋。

中书平章赵壁也告廉希宪、张易荐王文统应当受到处理。我曾一度听信费、赵之言，把商挺幽禁于上都，把赵良弼投入大狱。后来，我半夜召见廉希宪，向他问为什么荐王文统，他说首先荐王文统的是刘秉忠和张易，他是随声附和，而且，他说过王文统这个人不可靠。后来，我了解到，费某人是为了泄私愤告的廉希宪和商挺；赵壁是出于个人成见告廉希宪和张易。后经姚枢保举，这几个人都是忠臣，我对他们几个人都放心，信任如故。"

"这就对了。一是不能冤枉好人；二是从善的方面想人好的地方。你对擅杀李璮有灭口之嫌的史天泽是如何处理的？"察苾问。

"你在家里怎么什么事情都知道？"忽必烈奇怪地问。

"我是秀才不出门，便知天下事。我那么多老师是进士、谋士、大臣，我什么事情能不知道。我是进士的学生还不是秀才吗？"察苾幽默的回答。

"有人告史天泽，说他亲属子侄布满朝野、权威大盛，这样久了就难以控制，要求罢他的右丞相官职。后经中书平章政事廉希宪竭力劝阻，我终于还是没有罢他的官职，也没问他什么罪。"忽必烈放下手中的卷宗，一边把轻裘给察苾披上，一边回答。

"你真是慈悲为怀、剑胆琴心，并且有深谋远虑。这些汉世侯，过去与李璮有过私下交往是肯定的，因为他们都是世侯。这次这些世侯又用反李璮的行为证明他们是忠于朝廷的，所以，你就不要深究下去了。否则，会把他们逼到与你对立的局面，那是很危险的。"察苾说。

"但我要利用他们害怕追究的心理，削夺他们私家的权力，彻底改革世侯制度。"忽必烈坚定的说。

"还是你想的长远，我的好陛下。快更衣睡觉吧。"察苾用她那双柔美的眼睛含情脉脉地看着忽必烈，为他更衣。

一日，忽必烈传圣旨，请各位大臣、将军、汉世侯一同参加在大都举行的省院台奏闻会。参会者来了之后依次坐下。

忽必烈高高在上，坐在御榻上，坐在他左边的是察苾皇后。各官员行了三拜九叩之礼。

忽必烈有话直说："今天大家来朝议的事与李璮叛乱有关。自李璮叛乱

第十五回　平李璮罢汉世侯

以来，很多大臣纷纷上书，说李璮之所以能叛乱，是由于汉世侯权势太重，认为应该加强中央集权。今天朝议，就请各位表个态，谈谈如何改革。"

忽必烈的话音刚落，没等大家先互相谦让一番，右丞相、世侯史天泽首先发言，他说："兵民之权不可并居于一门，改革请从我们家开始。"众官齐奏道："史丞相带头最好。"很多汉族世侯表态愿意放弃世侯称谓，只做官，不再享受侯爵待遇。

忽必烈说："史丞相之言极为有理，就此决定：今后各路总管兼万户，只管民事，不管军事。掌握民事管民权，管军事掌握军权，各有所司，不互相统属。每个世侯之宗，或军或民，或将或相，只保留一人任官。"

忽必烈说："大议已定，今后要按如下权纲办理事宜。第一，军民分职，不可并居一门。第二，取消世袭制，行迁转法。要通过考核选拔和罢黜官员，不按世袭制，也不允许世侯自选。第三，取消世侯封邑。第四，设置诸路转运司，各路财赋归属各路转运司。第五，易兵而将，切断将与旧部兵率隶属的联系。不搞私家军队。第六，设立监战万户，委任蒙古人宿卫为监战。"第六条说明忽必烈对汉人官僚的信任已开始蒙上一层难以消除的阴影。

史天泽子侄一日之内解除虎符及金银符者多达17人。张柔八子张弘略、九子张弘范，严实之子也都被罢了万户总管之职。

忽必烈的六条政策公布以后，铲除了危害元朝地方的军政势力，构建了汉地路府州县的秩序。

第十六回　统一中国建大元

真州（今江苏仪征）郊外南宋忠义军大营，大营里有持刀枪的卫兵。一排低矮的营房外边长满了杂草，屋外下着雨，屋里房顶也往地上、床上滴水。屋里设备简陋，只有床和椅子、桌子。桌子旁边坐着三个人，都骨瘦如柴。虽然都才接近五十岁，但都脸上头上长满了灰白的头发和胡须。这三个人是被宋朝软禁起来的元朝大使。一位是元朝翰林侍读学士、与南宋谈判大使郝经；另外两个人，一位是翰林待制何源，另一位是礼部郎中刘仁杰，他们俩是谈判副使。

何源说："郝大人，你应给宋朝皇上写信，告诉他我们被贾似道扣压的事实，表明我们愿为元朝与宋朝的友好做贡献。"

郝经有气无力地说："我们已被贾似道扣压好几年了，我也写了几封信，但都被贾似道扣压下了。贾似道怕皇帝和太后知道他暗中在鄂州和我方求和的真相暴露，所以软禁我们的人，扣压我们的信件。听营中士兵说，贾似道还骗宋朝皇帝，说他在鄂州打败蒙军获得了胜利。宋朝皇帝以为贾似道有功，下诏晋升他为少师，封他为卫国公，大肆褒奖他。"

郝经大义凛然地说："贾似道劝我投降他们，真是白日做梦，我愿终身坐牢，也不和贾似道这个败类为伍。"

刘仁杰说："听说在这几年中，我们的随员被他们虐待和折磨死不少人。"

何源说："我们怎么想办法把情况报告给忽必烈陛下呢？因为他们不知道我们死活。"

"这个贾似道真坏，他是怎么当上丞相的呢？"刘仁杰说。

"你在这里关这么长时间还没听说过么，贾似道的姐姐贾贵妃，是宋理宗早年最宠爱的贵妃，贾似道原本是个市井小混混，无才无德。他是靠贾贵妃的关系飞黄腾达的。这些都是我通过给看守的讲经，他们才告诉我的，他们也都讨厌贾似道这个小人。"

在杭州的西湖上，长着瘦长白脸，没几根胡子的贾似道正在和妓女们花天酒地地寻欢作乐。妓女们随着悠扬乐曲翩翩起舞。

堂吏翁庆龙在贾似道耳边说："郝经来信要见皇上。"

"叫他见鬼去吧，把信件扣下！"贾似道吩咐。

"是。"翁庆龙退下。

一会儿贾似道的亲信，馆客廖莹中探头探脑地走到贾似道身边说："各位大臣、将军听说丞相要过大寿，都送来大礼，唯有泸州知州刘整没理这个碴，您说怎么办？"

"怎么办，这好办。他和制置俞兴有矛盾，你去告诉俞兴，让俞兴奏他一本，奏他贪污和有投元之心。我接到奏文就找机会把他给杀了，让他不把我放在眼里，真是瞎了眼！"贾似道说。

在江南的大道上，两位姑娘骑马而行。大姑娘是宝日玛，她身材高大，穿红着绿，苹果似的脸上蛾眉皓齿，粉妆玉琢，如芙蓉出水，她装扮富家小姐。

第十六回 统一中国建大元

年纪小一点的姑娘是蒙儿,她长的花枝招展,千娇百态,她装扮活泼的丫鬟。

宝日玛和蒙儿是受忽必烈指示,打扮成习武女子赴南宋打探军情和郝经等人下落。为了有个伴,也为了有个会说南方话的人,宝日玛找蒙儿做伴,蒙儿高兴的不得了。两人骑着马,暗带利器,不消几日来到临安郊外。天色已晚,满目荒凉。附近并无宿店,道旁有座寺庙。蒙儿说:"我们进城不得,不如借寺中安息一宿,明日再进城打探消息。"她二人牵马走进寺院,院里静悄悄的。寺庙后院有个大院,厨房里有个老和尚,他是看寺院的。和尚说:"战乱年头,无人向庙里施舍,僧人都出去云游四方去了,只留我一人看门。"蒙儿说:"我二人去城里探亲,现在天色已晚,城门已关,我们进不了城,想在庙中借住一宿如何?"老和尚说:"在此留宿不难,屋子倒是有,晚间自己多留神,这里常有盗贼出没。寺里有米、有水,你们自己烧饭去吧。"

宝日玛向和尚买了些米和马料,宝日玛喂马,蒙儿做饭。两人一边吃饭一边说话。宝日玛说:"蒙儿,这次多亏有你和我作伴,你懂南方的风土人情,又懂南方话,这才方便多了。"

"对外,我喊你小姐,不喊你姐姐了。"蒙儿说。

"有你这个丫鬟真好,我好不干活了。"宝日玛同蒙儿开着玩笑。

吃完晚饭,宝日玛和蒙儿吹灯睡觉。

半夜三更天,宝日玛听见马在嘶叫,她捅醒了蒙儿,二人走到窗前一看,月光下四个人正在往外牵马。二人溜出了屋,宝日玛闪在四人身后,大喊一声:"大胆贼人,哪里跑!"四个贼人一愣,听见是女人声,放下马匹,徒手便借月光奔宝日玛而来,蒙儿把两匹马牵到一边,宝日玛徒手同四个贼人打了起来。四个贼人被宝日玛三拳两脚打趴在地上。宝日玛抓住其中一个一问,才知道他们不是惯偷,而是附近乡下的农民。他们说:"饶了我们吧,我们是穷的没有活路了才跑来偷的。"

宝日玛问:"你们为什么来偷马?"

四人中为首的回答:"我们穷的没吃的,想晚上进城偷点东西,不想城门已关。走到这里见有马匹,想必是遇见有钱人了,我们才偷马。"

"你们为什么不好好种地,却出来偷?"宝日玛把他们四个带到屋里在灯下审问。

那四个农民边哭边说:"由于皇帝是昏君,当朝丞相贾似道横征暴敛,除了加重赋税以外,还巧立名目,无情勒索,什么经制钱、总制钱、月桩钱、田契钱……名目繁多,应有尽有几十种税钱,逼得我们没法活命了。"

宝日玛转恨为怜,她说:"你们都站起来说话。受欺压值得同情,但偷并不可取,我给你们一些钱两,你们疗伤活命去吧!"

四个人一齐叩头谢恩,齐声说:"谢谢姑奶奶。"说完便跑掉了。

次日早晨,宝日玛和蒙儿吃过早饭,谢过和尚,骑马跑了四十多里路来到临安城外。城内万户萧条,行人稀少,风景凄惨。转过两条街,天已到中午,宝日玛和蒙儿想找个地方吃点饭。走了不远,有个小饭馆。挑起酒帘,走进店中。屋里除了跑堂的伙计,只有一个像书生模样的客人在吃饭。

跑堂的小伙计跑过来问:"小姐想吃点什么,现在兵荒马乱无什么菜饭,只有马肉和米线。"

蒙儿要了两碗米线,边吃边和小伙计聊起来。蒙儿问小伙计:"临安这么漂亮的城市,怎么这么萧条,很多门市不开,街道又这么脏?"

"小姐不是本地人吧,你没看本地人都以野菜充饥,这都是昏君和腐败大臣把国家弄垮了,现在人们都说当前有四曰——'曰民穷,曰兵弱,曰财匮,曰士大夫无耻'。国家是一天不如一天。"

这时在一旁吃饭的读书模样的大哥也插嘴说:"国库空虚,耕夫无一日之食,织妇无一缕之丝,生民熬之,国家随地而碎耳。听说江南不如江北,人心都散了,宋朝不如元朝,宋朝快垮了!听说北方五谷丰登,人民乐业,万物皆贱,甚是安居乐业,不知是真是假?"

蒙儿忙说:"那是真的,听说北方正和南方订立合约,代表被扣压了。"蒙儿说话时,宝日玛用眼睛制止她,怕遇上坏人暴露身份。

宝日玛和蒙儿吃完饭来到西湖边。只见天气熙和,晴空万里,惠风和畅,两岸杨柳披绿。岸边的花开放,湖上只有几只大花船。花船上方燕子翔舞。花船之上,度宗皇帝正和贾似道及妃子们玩蟋蟀取乐。贾似道发现西湖边有两个漂亮姑娘看着他们,刚想招手,宝日玛与蒙儿扭头走了。

宝日玛和蒙儿骑马一直跑出临安,她们几日也未能打听出郝经等人的下落,只好回大都。

回大都之后，她们把江南的百姓生活和官吏腐败情况向忽必烈做了汇报。忽必烈很满意，对于没能打听到郝经等人的消息，忽必烈说："贾似道瞒着皇帝做的事能轻易让你们打听到吗？不怪你们。也许他们没押在临安。"

在真州郊外南宋忠义军新馆大营里，被禁锢了好些年的元朝谈判特使驻处养了一只大雁，大雁每天见了郝经都会兴奋地展翅引吭高叫，好像在说什么。雁的鸣叫引起了日夜思归的谈判特使郝经的注意。郝经想大雁可能和我一样想回北方，何不让大雁捎信回去，告诉忽必烈皇帝我们还活着。于是，郝经在白帛上提诗一首：

霜落风高恣所如，归期回首是春初。

上林天子援弓缴，穷海累臣有帛书。

落款为：中统某年某月某日放雁，获者勿杀，国信大使郝经书于真州忠义军营新馆。

郝经把自己白帛上的字涂上白蜡，把白帛系在雁足之上，然后放飞大雁。

第二年春天，雁书果然为负责养鹰的人获取，上报元朝朝廷。忽必烈知道郝经等人还活着，泪流满面，他对南宋扣压郝经的事十分气愤，便派大将伯颜渡江救郝经等人。迫于伯颜大军渡江的压力，贾似道终于把郝经等人放回。

郝经自真州北归时，已经身染重病。沿途百姓看着郝经白发苍苍，身染疾病，无不落泪。忽必烈知道郝经归来的消息之后，立即命令枢密院和御医近侍前往迎接慰问，并悉心为其医治疾病。第二年夏天，郝经抵达燕京，觐见忽必烈于赴上都途中。忽必烈为郝经在行殿赐宴，赏赐他很多东西，并命他暂时在家养病。郝经在大都养病，一病不起。时至七月，郝经在家中溘然病逝，年仅53岁。死后，忽必烈谥郝经为"忠武候"。郝经主要是因为被南宋扣压染病而死，忽必烈决定对南宋兴师问罪。

忽必烈从宝日玛和蒙儿的汇报中，已知南宋的腐败，民心的向背，官民矛盾，物资缺乏，关于社会情况他掌握一些，但军事情况掌握的不多。于是，他问身边的年轻丞相安童："以泸州十五郡县和三十万军马降我们的将军刘整在京吗？"

"刘整将军正好在京城。"

刘整来见忽必烈，忽必烈见刘整身高九尺，相貌堂堂，是个红脸大汉。忽必烈从御榻上下来，拉着刘整的手非常热情地说："刘将军，你没来之前，我已经为你写了几个字，你看。"

刘整低头一看，一张纸上写着这样几个字：勇冠诸军，名配古人，知大义者可为。刘整感动的流下泪来。

刘整说："贾似道把宋朝社会弄得非常腐烂了。贾似道让他的爪牙诬陷清官，弄得朝廷内清官人人自危而不可自保。现在，宋朝是贾似道一人当权，怨声载道。陛下，臣觉得灭亡宋朝的时机已经成熟。"

"将军认为，如果攻宋朝的话，应先采取什么策略？"忽必烈问刘整。

"我送给陛下先期攻宋八个字——'搁置川蜀，先攻襄樊'，不知当否？"刘整回答。

"好……好！这八个字好，正和联意。"忽必烈说。

"安童丞相，改授刘整将军成都、潼川二路行省，赐白银万两。"忽必烈宣布。

"臣愿为灭宋效犬马之劳。"刘整从安童手中接过诏书。

刘整长期在南宋为将，尽知南宋国情和防御要害虚实。一日，刘整在军事地图之前，向忽必烈和史天泽、伯颜等众大臣讲"搁置川蜀、先攻襄樊"的道理。忽必烈认真地听，觉得刘整说得非常有道理。

刘整说："攻蜀不如先攻襄樊，无襄樊则无淮，无淮则江南也不保。"忽必烈一边看地图一边说："实施搁置川蜀，从中路渡江攻鄂州，再顺江东下攻襄樊，襄樊可以发挥控扼三峡和堵截川蜀援军的作用。襄樊地处汉水中游南岸，与北岸樊城相对，是宋朝扼守长江的屏障。进攻宋朝，先取襄樊，再由汉水进长江平定宋朝，这的确是一个好的灭宋计划。江淮要得，巴蜀不攻自平。因此，实行中路攻宋，必先攻取襄樊。"

忽必烈决定用南宋降将刘整从中路攻南宋之策，命阿术和刘整二位为元帅。阿术为名将速不台之孙，兀良台之子，该人临阵对敌英豪果断、气盖万人。

刘整则骁勇善战，对水军熟悉，对南宋虚实了解的深。阿术和刘整在襄樊战役序幕拉开之际，他们共有两项措施。一是筑城围困襄樊，二是造船练水军。襄阳位于汉水南岸的一个河湾里，东、西、南三面临水，与北岸樊城相对。

元军抓住南宋京湖制置大使吕文德贪图货利的弱点，遣使向吕文德贿以玉带，请求在樊城之外设堡，吕文德果然答应。于是，蒙军很快在阿术指挥下在襄樊城外建立了第一座堡垒。诸堡联络一起，把一座襄樊围得铁通似的，进可攻，退可守。接着，又建白河口堡垒以切断襄阳粮道。接着，元军建了很多城堡，实现了对襄樊的长期围困。刘整则在工地监督建造水军舰船，训练水军7万人，造船舶5000艘。雨天不能外出，刘整就画地为船让士兵练习划船。阿术监督在汉水中流建些弩炮台，用来遏制宋军船只。

1271年初，南宋殿前副指挥使范文虎总领禁军10万沿汉水援助襄樊，在罐子滩被阿术所率元军击败。襄樊城内物质供应困难，缺少盐、柴、粮、布匹，甚至出现拆屋为薪的情况，襄樊陷入极度困难时期。

1271年农历五月，宋军又派张顺、张贵率3000人马携支援襄樊的衣甲拼死冲破元军舰队封锁，向襄樊逼近。张顺战死水中，张贵进入襄阳城。

南宋又实行离间计，企图造成忽必烈对元军主帅不信任。宋廷印符授于刘整，加封其为燕郡王。还书写信函，让永宁僧人一并送给刘整。印符和书信为永宁县令截获，上报给元廷。

忽必烈闻讯十分吃惊，刚想下令调查此事，恰好刘整自襄阳军前回京，他向忽必烈辩解此事，说："宋朝怕我策划攻取襄阳，故设此计害我，这件事我并不知道。"

忽必烈明辨是非曲直之后，用人不疑，还赏赐刘整，命令他回襄阳前线，诛杀了永宁僧人等余党，并让刘整继续担当汉军及水军统帅职务。

顽强的攻襄城战斗开始。阿术听了张弘范的建议，切断两城之间的联系，使两城互为孤城。阿术指挥军兵锯断汉水中的木桩，砍断铁索。刘整率兵焚烧连接襄阳和樊城之间的浮桥，切断襄阳守军前来援救的通道。

元军竭力多路向樊城发动进攻，炮火连天。忙兀台率所部竖云梯于北岸，登柜子城，从西南角入城，张君佐亲自安装火炮摧毁樊城的角楼，元军冲入樊城。

樊城已破，襄阳孤立无援，危在旦夕。宋度宗和贾似道仍然终日淫乐，无心救援。

在元军再三劝说下，襄阳守将吕文焕出城投降。吕文焕由元军阿里海牙将军陪同觐见忽必烈，被授昭勇大将军、襄阳大都督和行省参政。

宋军死守六年的襄樊终于被攻破，宋朝长江上游门户被打开乘胜追击宋军。

1274年农历正月，忽必烈正办国事，襄樊前线两员主将阿术和阿里海牙前来朝觐。忽必烈热情相迎二位有功的将军。

阿里海牙将军说："襄阳古今都是用武之地，襄樊二城已破，宋军再也无法阻挡我军前进的步伐了，应择机乘胜攻击宋朝。"

"现在攻宋是个好时机，一是军事上有利于我们，二是宋朝政治局势发生了变化。宋度宗已死，由贾似道拥立全后的幼子赵㬎即位。赵㬎是个四岁的小孩子，不知世事。贾似道现在整天吃喝玩乐，更加腐败。现在攻宋真是大好机会，夫今不取，时不再来。"阿术劝忽必烈说。

阿术以智勇双全著称，忽必烈对他的建议特别重视。

忽必烈说："大臣们也有人建议以扣留使者的罪名讨伐宋朝，但朝中的认识并不一致。我们再找些人议一议。"

忽必烈找来众臣议论，多数文臣武将主张宜乘胜顺流长驱平宋，平宋正在今日。渡江必选大将统帅，大臣们议论的结果是选伯颜为帅。姚枢和史天泽却认为，此国之大事，可在安童、伯颜二人中选一人为帅。结果选左丞相、同知枢密院事伯颜为帅。伯颜才能出众，勘任平宋三军统帅。伯颜曾随忽必烈弟弟、伊利汗国王旭烈兀西征过，他武术高强、身经百战，人品出众。他来忽必烈身边之后，成为近臣。他参与谋划国家大事时，常常见解高人一等，处理政务明智果断，他担此任，是众望所归。

第二天，当着群臣和将军们的面，忽必烈发布诏谕：由伯颜为大将军，由他督率诸军，另外授他一把宝剑，诸军都要听他指挥。

忽必烈宣布，征南大军兵分两路，由伯颜本人和阿术将军统帅。右军主力，吕文焕为先锋,由襄阳入汉水过长江;左军由合荅统帅,以刘整将军为先锋,出淮西取道扬州而进。又令董文炳率领一路大军自淮西正阳南逼安庆,以为呼应。

伯颜一声令下,征南大军出发,忽必烈、察苾及众大臣都来到郊外送行。忽必烈来到高大威武的伯颜面前,语重心长地对他说:"伯颜将军,在临别之时,我只嘱咐你一句话,昔日曹彬灭南唐时不嗜杀人,你此次灭宋也应以曹彬为榜样,只要敌人投降就不要杀人,更不许虐待俘虏、儒生和无辜百姓。"

"臣牢记陛下之言,请陛下放心!"伯颜说。

浩浩荡荡的以伯颜为统帅的平南宋大军向鄂州开去,群众相送,百姓围观。站在人群中的宝日玛一边落泪,一边恋恋不舍地望着远去的伯颜。蒙儿陪伴在宝日玛的身边。

1275年初,在燕京的勤政殿里,忽必烈在地图前踱步,着急地等待前线的消息。他问平章政事耶律铸:"有无前线的消息?"

大蒙古国丞相耶律楚材的儿子耶鲁铸回答:"暂时没有,但这几天战争进行的很激烈。据说,伯颜要智取关键地方郢城(今湖北省江陵北)。"

近侍来报:"捷报,陛下来捷报了,伯颜将军用缓兵之计智取了郢城。下一个目标是攻取重兵把守的阳逻堡。"

耶律铸指着地图对忽必烈说:"阳逻堡是宋朝的江防要塞,历来是兵家必争之地。阳逻堡要失守,江防要城鄂州便不可保。"

阳逻堡城外墙上贴着一块宣传单,上写:"江南若破,百雁来过。"

在攻打阳逻堡前线,围困阳逻堡的第三天,伯颜骑着马,站在队伍前指挥士兵用炮轰击城门,步骑兵分两个方向夹攻阳逻堡。阳逻堡城楼着火,元军架云梯登城,猛攻城楼上的宋军。宋军大败,宋军将领夏贵仅率少数战船逃跑。

清晨,燕京寝殿内,平章政事耶律铸急忙走进大殿内向忽必烈报告:"拜见陛下,又来好消息了。攻了三天,伯颜丞相把阳逻堡城攻破,鄂州知府听说阳逻堡失守,心惊胆战,出城投降。"

耶律铸兴奋地说道:"进城以后,伯颜没杀过人,街上百姓都喊'江南若破,百雁来过',伯颜听到这个民谣,自己却不知道是怎么回事。"

忽必烈听到这个消息后,特别兴奋地邀请耶律铸同他一起用餐。耶律铸一边同忽必烈一起用餐一边说:"陛下,还有一个好消息!"

"还有什么好消息?"忽必烈惊奇地问。

"伯颜占领鄂州以后,统帅大军顺流而下,由于他以降将吕文焕为先锋,而沿江守军官兵都是吕文焕的部下,所以,不少地方不战而降。"耶律铸说。

忽必烈说:"统一中国是中国人民的愿望,大一统的局面是人民盼望的。"

"鄂州等地接连失守,宋朝朝野震动,群臣纷纷上疏,要求贾似道亲自出征抗元。贾似道害怕伯颜,没有出战,又派宋京出面和伯颜谈判,企图用奉币称臣的办法,再次同我们议和,被伯颜拒绝了。"耶律铸向忽必烈汇报。

伯颜大军直逼江州,南宋兵部尚书吕师夔不战而降。伯颜让他担任江州太守。

吕师夔在太守府设宴招待伯颜,酒酣耳熟之时,吕师夔叫来两个盛装打扮的女子,他在伯颜耳边说:"这两个姑娘是从宋朝皇室中挑选出来的,作为礼物送给伯颜丞相。"

伯颜起身大怒道:"我奉天子之命,以仁义之师来向宋朝问罪,女色岂能动摇我的志向?"见伯颜态度如此坚决,吕太守赶紧跪地求饶。

伯颜对吕师夔说:"你知道你们为什么失败吗?就是败在腐败上了。今后你要再搞腐败,你的太守就做不成了,还要受到严办。"

"下官再也不敢了!"吕师夔一边说,一边叩头。

伯颜指挥20万大军击溃了南宋13万主力军,元军乘胜追击攻入建康(今南京)。伯颜大军进入建康以后,恰逢城内大疫流行,居民没有食品,百姓饥饿难忍,伯颜下令开仓赈济百姓,派国医发药治病,被民众称为"王者之师",人们四处相告——"过江的百雁来了,宋朝必灭"。

1275年农历五月,在元朝上都大安殿内,忽必烈传唤耶律铸,忽必烈对他说:"西北诸王海都等人乘我们攻打宋朝之机,对我们发动了进攻。我想暂时停止攻打宋朝,令伯颜北上平定海都。"

"这可要同伯颜议一议，我通知他马上回来。"耶律铸说。

"好，你赶快通知伯颜回来，海都来势迅猛。"忽必烈十分着急。

伯颜在前线接到圣谕，立刻骑马回上都。

在上都大殿上，觐见了皇上，伯颜马上向忽必烈汇报了攻宋的情况，他说："陛下，攻宋不能停下来，现在的宋朝像一棵大树，一拉就倒了。现在正是灭宋大好时机，我建议应该继续进兵，一举把宋朝灭掉。"

忽必烈听了伯颜的报告，对战局有了新的认识，他当即批准了伯颜的请求，告诉伯颜："你回去以后，立刻全面对宋朝发兵，一举取宋。"

"怎么应对西北诸王的攻势？"伯颜担心地问。

"我命令右丞相安童辅佐皇子那木罕率大军北征诸王海都。"

忽必烈对出征江南的诸将大加褒奖、赏赐，晋升伯颜为右丞相，阿术为左丞相。

伯颜辞别了皇帝，快马加鞭，昼夜兼程，迅速赶回建康。

1275年农历十一月，伯颜从建康、镇江一线分三路直捣南宋国都临安（今杭州）。以行省参政阿剌罕为右军，从建康出发攻余杭县西北的独松关；以董文炳、张弘范为左军，自江阴取道经华亭攻入临安；伯颜与行省右丞阿塔海为中军，从建康出发经常州进攻临安。

伯颜三路大军攻临安，临安南宋朝廷慌作一团。贾似道和元军私订和约及扣留郝经等人事暴露之后，群情激愤，要求杀掉贾似道以谢天下。谢太后却以贾似道"勤劳三朝"和"侍大臣礼"为辞，只同意将贾撤职安置循州。贾似道被贬途中，押解官郑虎臣杀掉了这位误国罪臣。

1275年农历十二月，伯颜大军亲临南宋首都临安城下，围困临安。宋朝大臣柳岳奉宋朝皇帝和谢太后之命来见伯颜元帅。使者说："宋朝皇帝年幼，太后年高，愿每年进贡修好，过去不好之事都是贾似道一人失信误国，希望伯颜元帅可怜可怜年幼的皇帝和年迈的谢太后。"

伯颜回答："我主即位之初，曾想与你们奉国书修好，但你们失信于我，扣压我使臣多年之久。今天我是兴师问罪来了。"

柳岳企图用哀乞感动伯颜，求得元军退兵。伯颜一口回绝。

伯颜大军压境，临安城内乱作一团。丞相主张迁驾南逃，谢太后认为投降是唯一出路。朝中大小官员纷纷离职出走，外地守臣也纷纷丢印弃城而去。只有文天祥勤王而来，被任命为丞相兼枢密使。谢太后派文天祥去与元军谈判。

文天祥来到元军后，始终坚持先撤军后谈判的立场，伯颜将其扣留在城中。

文天祥被扣留，谢太后、全太后和小皇帝没什么办法，只好捧出传国玉玺十二枚和降表去向伯颜称臣投降。伯颜接受降表，入临安巡视，而后驻守湖州。他在浙江设两浙大都督府。

伯颜在临安举行入城仪式，元军仪仗队打起"天下太平"的旗号。

董文炳按伯颜命令，罢去南宋旧官职，解散南宋军队。伯颜还派人将南宋的祭器、乐器、图书、军民钱谷册、文书及大量财宝统一造册登记，集中送回元朝都城。

南宋投降后，伯颜下令禁止军士擅自进城，敢于暴力掠夺者以军法从事。又发布告，告诉城内外居民同往日一样安定无事。还严禁侵扰损坏宋赵山陵墓地。临安城内恢复了往日的繁华，到处流传"伯颜丞相救了江南不杀人"的民谣。

在上都大安殿龙榻之上，忽必烈正听耶律铸报告："宋朝丞相文天祥出使我方谈判被扣留，在押解北上，行到镇江时，他趁人多杂乱之际与随从人员设法逃走了。"

忽必烈大声问："他逃跑以后做些什么？"

"他逃跑后，到福州以后聚众募兵，各地闻讯积极响应。他募集的队伍已经同我军交战。"耶律铸答。

"他文天祥起兵真是时候，我正打算调伯颜、阿术两位主帅率军回北方征诸王海都叛乱，文天祥把我的计划打乱了。"忽必烈说。

"陛下要把主力调往北方吗？"耶律铸担心地问。

"主力还留在南方，让伯颜、阿术只带部分军队回北方平海都。不可小视文天祥的力量，南方各地要都起义，并且连成一片，也是一股不小的力量。

北方只是一个点，南方是一个大面，主力还是要放在南方。你替我拟诏：命张弘范、李恒为元帅，指挥南方主力，水陆并进，扫荡文天祥残余势力。凡在收复的地方，都设行省，既要保持当地的稳定，又要保持前线的后勤供给。"忽必烈指示。

"是，我马上按陛下布置拟诏。"耶律铸高兴地回答。

1278年农历十二月，文天祥招募的队伍在海丰南岭山中艰难行进。当走到王坡岭时，山高路险，文天祥说："元军一时追不上来，大家一天没吃饭了，停下来埋锅做饭吧。"大家一听让埋锅做饭，都非常高兴。

一队元军轻装骑兵兼程追击，快马加鞭赶上王坡岭时，文天祥正与军士们准备吃饭。元军赶上来，文天祥马上命令进入战斗，双方进行激烈战斗。文天祥人少力弱，仓促迎战，经过一场殊死搏斗，宋军很快被元军打败，文天祥等成为元军的俘虏。

一位元军军官说："这次要把文天祥绑上，再也不能让他逃跑了。"

"天若灭我，人又奈何！"文天祥长叹一声。

文天祥被押送到张弘范大帅面前，张弘范给文天祥松了绑，并给其让座。张弘范说："文丞相，你们宋朝最后一个据点崖山马上就要被攻破了，你快投降吧，让咱们共同为国家统一谋事。"

文天祥说："我从做了宋朝的官那天起，就不会做元朝的官，人各有志，各保其主。"

张弘范是张柔之子，他文武兼备，他没有命人给文天祥上绑，始终以礼相待文天祥，让他坐在车上随军北返。

当文天祥随元军经过珠江口外的零丁洋时（今广东中山南）时，想起当年应召起兵勤王时的情景，感慨万千，面对零丁洋，他向随军元军要了纸笔，写下了一首诗《过零丁洋》。诗中说：

辛苦遭逢起一经，干戈寥落四周星。

山河破碎风飘絮，身世浮沉雨打萍。

惶恐滩头说惶恐，零丁洋里叹零丁。

人生自古谁无死？留取丹心照汗青。

张弘范看了文天祥的诗，只好无奈地笑笑，写信汇报了文天祥不肯投降和不能杀害的理由。于是，忽必烈下令将文天祥送至大都。

在元朝上都大安殿内，忽必烈问耶律铸："扫平宋朝残余势力的战争进行得如何了？"

耶律铸回答："张弘范正进行崖山大战，他的对手主将张世杰和陆秀夫二人很能战斗，这场战争结束后南宋残余将荡然无存。"

"好，下诏嘉奖他们，希望他们尽快结束战斗。都说张弘范这个人文武双全，让他担任大帅是正确的。"

"张弘范幼年学于郝经，天资聪颖，诗词文风奇特，是个难得的人才。"

崖山战场上，张世杰把一千条战船连成一片，四周加楼棚，看起来像城墙一样。张弘范把文天祥带到敌船前，叫文天祥劝宋将投降，文天祥不从，张弘范让随从把文天祥带回。张私范指挥用火攻战船，他叫士兵把轻舟载满茅草，浇上油，点上火，乘风势飘向宋船。张世杰早有准备，在船棚上涂上泥，使火不宜烧着。船上还准备了竹杆，火船逼近时，便伸出竹竿顶住火船。张弘范见火攻失败，调来火枪，攻破宋军战船多艘，士兵跳上宋战船与宋军短刀相接，一阵混战，声震海天，宋军招架不住，有的跳江，有的烧死，大多数人战死，陆秀夫见大势已去，沉妻儿于海中，然后抱小皇帝投海而死。崖山一战，宋军十万军民宁肯投海，也不投降，宋军主力全部覆灭。

张弘范攻破崖山，非常高兴，当晚举办宴会庆祝。

席间，张弘范问对座的文天祥："国亡丞相忠孝尽矣，能否像事宋朝皇帝那样事我皇上，你可以做一名宰相。"

文天祥不为所动，说："国家亡了我不能救，作为臣子我死有余罪，请以死报国。"

忽必烈下诏，将文天祥押送到大都，将文天祥关押在驿馆中。忽必烈亲自动员文天祥归降，他也不从。有些人主张释放文天祥，又怕他号召江南人起事。最后，忽必烈只好赐死于文天祥。

文天祥被斩于大柴市刑场（今北京东四大街学府胡同），临行时，他面

第十六回 统一中国建大元

不改色，死时年仅 47 岁。

1276 年农历四月，伯颜押着从南宋缴获的金银财宝等胜利品载誉回大都，受到了军民的夹道欢迎。

中书令太子真金率百官出城迎接,给伯颜以最高的待遇。伯颜手牵着马，同真金太子并肩而行。在欢呼声中，宝日玛手捧哈达给伯颜戴上，蒙儿给伯颜敬上祝贺酒。这时，中书平章政事阿合马挤到伯颜身边，偷偷地小声对伯颜说："丞相此次立了大功，荡灭了南宋，那里一定有很多珍奇之物吧，日后拿出几件让我见识一下。"

伯颜知道这位皇帝大管家的来意，是想从他那里要点珍奇之宝。可是他除了几本书，什么也没有。他看了一下衣服上挂的玉钩说："把这个玉钩送给你吧！这是我最值钱的东西，宋朝宝物是不少，可我不能拿一件，但愿你不要嫌我礼薄。"阿合马很不高兴，他以为伯颜看不起他，在应付他。真金见了这种场面，很鄙视地扫了一眼。宝日玛对阿合马说："给人让个地方。要东西也分个场合。"

忽必烈在大殿外迎接伯颜，他当众夸奖伯颜："百雁（颜）过江，宋朝真就灭亡了。"伯颜赶忙说："皇上英明！众将士的功劳,臣不敢贪天下之功！"这时，宝日玛在旁边偷着乐。

1276 年农历六月，上都忽必烈皇帝行宫。今天在这里举行忽必烈接见南宋君臣降元的仪式。今天风吹得那么烈，天被风沙吹得很暗。亡宋投降君臣参拜了元朝的太庙、祖先庙、神庙等。

在大殿上,忽必烈皇帝穿龙袍,系玉带,坐在御榻右边。戴着高高的头饰、穿着华丽朝服的察苾皇后坐在玉榻左边。蒙古诸王和大臣、将军分坐两边。

全太后领着南宋小皇帝及降臣来到忽必烈龙案前，跪在殿中，叩谢隆恩，小皇帝看见这等场面和坐在上面的威武的忽必烈吓得直哭。

忽必烈问："赵㬎今年几岁了？"大家都看着赵㬎，等他回答。赵㬎见大家都看他，吓得哭了起来。全太后忙代答："皇帝陛下万岁，皇后千岁，赵㬎今年 6 岁了。"

"都站起来回话吧,别吓着孩子。"还是察苾皇后心软。看到此情此景,察苾脸上没有欢乐。小赵㬎哭的样子让察苾皇后心里一阵酸痛。她可怜这孩子。她想:这么点的小孩,身上都背着那么大的政治包袱,真是太可怜了。

忽必烈对小赵㬎说:"别害怕,我喜欢孩子,传圣谕,朕封赵㬎为开府仪同三司、检校大司徒,赐封瀛国公。"

全太后领赵㬎谢恩:"谢主隆恩。"

忽必烈在降臣入觐后,开始设宴款待大家,大臣们一律穿着元朝官员的质孙服,大家相互敬酒,歌舞升平。

宴会后,从南宋拉回来的珍奇异宝作了展览。忽必烈对察苾说:"皇后可以挑几件自己喜欢的珍奇宝物带回宫中。"

察苾想了想,情绪很低沉地说:"宋人是将这些宝物留给子孙的,子孙却没有能力保护好它们,实在是件很可悲的事情。如果将来我们的子孙没有能力保护好它们,也会遭遇赵㬎一样的下场,我要它又有什么用呢?"说完若有所思地走开,没拿一件宝物。

第十七回　海都之乱被平定

　　大都燕京。凌晨，忽必烈在寝宫前练剑，察苾在一旁观看。察苾说："你停一下，我有点正经事要和你说。"

　　忽必烈停止练剑，他对察苾说："什么事情这么急？"

　　"前几年因为灭宋朝的事，伯颜的婚事一事再拖，一直拖了好几年。现在好了，宋朝灭了，该给这位大功臣办喜事了。"忽必烈说："你想的周到，我只想让他去打仗，却忘了他的婚事。他是到了该结婚的年龄了，只是这该死的战争让他拖了很多年的婚期。"

　　进屋以后，忽必烈猛想起一事，问："那你没有问伯颜想找个什么样的姑娘啊？"

　　"这姑娘倒是有的。"察苾答。

"谁呀？"忽必烈疑惑的问。

"宝日玛这些年没成亲，就是为了嫁给伯颜，连这事你都不知道？"

"你们女人的事，我哪里知道。"忽必烈说。

"我问过宝日玛，她说除了伯颜，谁也不嫁。"这姑娘很倔强。

"这姑娘眼光真好使，看上我们的英雄了，伯颜真是个难得的好人。他不爱财，不爱色，只爱打仗和看书。这件事全仗你操办了。可是伯颜是个穷光蛋，他除了书以外，什么也没有。"

"你怎么知道伯颜只有书呢？"察苾问。

"伯颜从临安回来，阿合马在我面前说，伯颜私藏了宋室的珍品玉桃盏，我叫人去查，结果在伯颜马鞍的口袋里只有几本书。"

"这个阿合马净使坏，他不会有好下场！"察苾说。

忽必烈说："天不早了，该吃饭了，吃完饭该给伯颜提亲了！让阿术领着你去求亲吧！他对蒙古的礼节知道得多。"

几日后，阿术领着一伙人和几位女人来到霸突鲁家求亲。霸突鲁是宝日玛的父亲，安童丞相是他的儿子。阿术把丰盛的聘礼放在霸突鲁家的桌子上说："这些聘礼，都是察苾皇后给拿的，说明皇帝对伯颜的关心。"

霸突鲁听说之后非常高兴，他设宴会招待求亲的客人。

眼睛明亮、修长身材、漂亮的宝日玛含羞地躲在父亲霸突鲁身后。霸突鲁老人开玩笑地说："阿术，你要多次到我们家提亲，蒙古谚语说'多求则贵，少求则贱'，阿术你这个大媒人要多求几次。"阿术也开玩笑地说："您老人家，多多准备酒席，我们不打仗天天来求亲，别怕我们把你们家的酒缸喝干。"大家喝着、笑着、闹着。

伯颜娶亲的日子到了，伯颜脱下战袍，穿上艳丽的蒙古长袍，腰扎彩带、头戴圆形红缨帽，脚蹬高筒皮靴。媒人、伴郎等迎亲的人也都穿上盛装和新郎伯颜骑马来到宝日玛家的漂亮的大房子前，女方家祝词人开始称赞美词。唱完赞美歌后，娶亲队伍开始下马。娶亲队伍先绕女方家房子一周。伴郎此时用毛毯拦住新郎伯颜的队伍。男方向女方家敬献"碰门羊"一只和其他礼品。伯颜和伴郎手捧哈达、美酒向新娘的父亲霸突鲁及长辈敬酒和行跪拜之礼。宝日玛的母亲已经不在，只有父亲和嫂子等亲人在家。哥哥在前方打仗。

伯颜和阿术等娶亲人不断喝酒，不断敬酒。大家一致唱到很晚，才各自休息。

次日清晨，姑娘们、嫂子们为宝日玛梳妆。因为要离开亲人，宝日玛很悲伤，梳头的嫂子和姑娘又唱起劝嫁歌。娶亲者要启程时，新娘由亲戚抱上彩车。新郎官伯颜骑马绕新娘宝日玛坐的彩车转三圈。然后，娶亲者和送亲者告别。

娶亲的人和送亲的人到了伯颜家后下马车，先绕房子三圈。然后，新娘宝日玛和新郎伯颜双双穿过两堆火，接受火的洗尘，表示爱情之纯洁和新生活的兴旺。新郎和新娘进入房子后，首先拜火祭灶。年轻的嫂子和"梳头妈"给宝日玛换妆等待婚礼的开始。新娘宝日玛戴上了高高的顾姑冠，头顶上梳发髻，戴上绫子花、珊瑚枝、宽扁的银簪、凤头簪，腕戴玉镯，耳戴金环、翡翠耳坠子，穿着红色连衣绸袍，袍子领部用貂皮镶边，颈部挂玻璃珠项链。新郎伯颜又高又大，头戴四瓣统合小帽，身着钉有铜纽的棕色绸袍，腰系绢带。长袍外罩以对襟马褂，腰带前右侧佩腰刀，显得格外气派。

伯颜在院子里点着篝火迎接新娘。院中间放着拜天桌案。司仪主持，先拜天。敬完天敬父母，因为伯颜父母都不在，忽必烈皇上和察苾皇后坐在上边。察苾说："伯颜父母都不在了，我和皇上就代表他们的父母吧！"忽必烈和察苾皇后接受一拜。夫妻对拜后，仪式结束。

婚宴上，摆设烤全羊、各种奶食品、糖果等。宴会上，新郎和新娘先给皇帝忽必烈和皇后察苾敬酒，然后给各位大臣、亲朋、好友敬酒，歌唱者唱起献哈达的歌。

献完哈达后，婚礼进入高潮，人们举起酒杯开杯畅饮。打扮的花枝招展的舞女们跳起舞蹈。歌手们伴着马头琴唱起婚宴歌。客人们随着马头琴声一起歌唱，婚宴时间延续时间很长很长。皇帝和皇后起驾回宫，官员们才散去。

婚宴结束后，客人们都散去了，新房里只留下蒙儿及几个姑娘给宝日玛戴上头盖，然后退去。宝日玛蒙着红头盖，端坐在喜桌边。伯颜新郎围着宝日玛走了一圈，慢慢把头盖掀开，美丽的新娘出现在伯颜面前。伯颜正不知所措，忽听窗外不少人哈哈大笑。原来外边有一群闹洞房的人。宝日玛和伯颜面对窗外的人不知如何是好。

几日后，在大都城外的荒山野岭间，伯颜和宝日玛在策马扬鞭，你追我赶，两人都穿着鲜艳的蒙古袍子，盛装打扮。他们跑到一棵小树旁下马，坐在一个小山坡上谈心说话。

宝日玛靠在伯颜宽大的肩上，她很不高兴地说："过这么几天好日子，你又要打仗去了，让人多怀念你。"伯颜摸着宝日玛光滑松软散发着香味的头发，看着她苹果似的脸庞，说："谁愿意去打仗啊，万事不由人。平息海都叛乱是国家当务之急。"

"海都是谁？他们有多大势力？"宝日玛问。

伯颜说："海都是窝阔台的嫡孙，比忽必烈皇上小一辈。海都在忽必烈和阿里不哥争位时，海都站在阿里不哥一边。但阿里不哥失败以后，忽必烈皇帝对海都很宽容，认为是同室操戈，原谅了这些小侄子。但是，海都恩将仇报，不但不感激忽必烈皇上，还占领了漠北，当时皇上曾调我去征讨他，但由于灭宋时机不能错过，我才没去。于是叫你哥哥安童丞相辅佐皇幼子那木罕统军去征服。开始他们打些胜仗。不料，近日在我们队伍里发生了昔里吉叛乱。昔里吉是前大汗蒙哥的儿子，他们密谋把你哥哥安童和那木罕抓起来。把安童交给海都，把那木罕送给术赤派的君主蒙哥铁木尔。这样，你哥哥安童丞相连同蒙古汗时期派到海都的使者石天麟都被扣押起来。我这次去，一是剿灭叛王，二是把哥哥安童等几位救出来。"宝日玛听伯颜说出出征的理由，心疼地依附在丈夫胸前。

"希望你能胜利而归，你如果思念我，就看看我的这束头发。"宝日玛从怀里掏出一个红绸子包，包里放着一束宝日玛的一束长发。伯颜接过绸子包，亲吻着这束长发。宝日玛又从怀里掏出一块洁白的玉坠，挂在伯颜的胸前说："这是我给你的护身符，我天天为你念经，让长生天保佑你平安无事。"

第十七回 海都之乱被平定

大都城里花香四溢,窗前的花树都开了花。但忽必烈无心赏花,他在屋中伏案研究地图,沉浸在奏文中的战事里。察苾皇后也没睡,她心痛丈夫半夜还在工作。她给忽必烈沏上一碗奶茶,忽必烈抬头望着察苾说:"你先睡吧,我一生气就睡不着觉。"

"什么事值得你那么生气?"察苾问。

"我在生海都这小子气。他先跟阿里不哥一起反对我。阿里不哥失败后,本该讨伐他,我原谅了他。事后,他不但不知反悔,他还组织起一个反元联盟。他向反元联盟说:忽必烈专门信汉人的话,重用汉人,说汉人不离他身边左右,尽让蒙古人坐冷板凳,将来忽必烈统一天下,得到好处的尽是那些汉人。所以,他不支持我建立大元朝,他还要建立蒙古大帝国。海都成了反元大联盟的盟主。"

"我听说昔里吉反叛了,也加入了反元联盟?"察苾问。

"提起这件事更让我生气。蒙哥汗兄之子昔里吉,他在平海都前线发起兵变,他们在一天夜里把安童丞相和我们的小儿子那木罕都抓起来。把那木罕送到钦察汗国,把安童送给海都。昔里吉想像他父亲一样成为大汗。在昔里吉的挑动下,很多诸王和蒙古士兵投靠海都。海都则让昔里吉去成为反对我们的先锋。"忽必烈越说越生气。

"他们都是自家人,你又没亏待他们,他们为什么起来反你?"察苾问。

"他们反对我,打的旗号都是要求恢复蒙古帝国的统治。他们说我背叛了自己的民族,尽用汉法,成了汉族的皇帝。他们认为江山是蒙古人打的,不应该让那么多汉人做官。他们不知道,在统一中国的过程中,中国各民族都出了力。有些人出谋划策,有些人冲锋陷阵,所以,这个国家应该由各民族人共同来管理。我们用的体制和法律也不是汉法,而是综合了中国历代法制的文明成果,包括汉、唐、宋的政治和法律制度。在文化上,各民族应该互相学习、取长补短。建立一个多民族团结、和平的国家是我爷爷成吉思汗的愿望,他深受民族分裂压迫和战争之苦。为了结束这动荡和血腥劫杀,我爷爷开始建国,他想把全世界建成一个国家,让大家别再打仗。我虽然不能实现我爷爷的愿望,但我可以建立一个统一的中国。让中国人过上没有战争平安的日子，所以，这场平乱战争一定要打胜，而且一定要速胜。"忽必烈用拳头击打桌子，表示他平乱的决心。

"只要你认为是对的，你就去做，我一定支持你。你打算让谁挂帅去平乱？"察苾问，她心中也担心小儿子那木罕的危险。

"伯颜挂帅，才能打胜这场仗，只有派他去了。"忽必烈说。

"他们刚刚结婚，真是苦了宝日玛了。"察苾说。

伯颜丞相担任了平定海都之乱的统帅，他率领元朝大军浩浩荡荡向漠北和林进发。长长的队伍一眼望不到头。

伯颜北上平乱，尽遣征南名将。汉军都统帅镇威上将李庭，他先进入草原，在岭北一战，就将叛军打得四散逃亡。接着，伯颜攻打哈剌和林，灭了昔里吉在和林的主力部队，和林一带乱军被消灭，伯颜占领了和林。由于伯颜的将领和士兵在征南宋战争中得到了锻炼，所以才能很快把海都军队打的四处逃散。

伯颜的前锋部队与昔里吉的叛军在鄂尔浑河两岸相遇。两军在河边大战一天，从太阳升起，打到太阳落山，难分胜负。夜里，伯颜大军趁对方人困马乏之机会，兵分两路沿河行十里，过河后绕到敌军背后，突然袭击敌人，敌人大乱。这时，河对岸大军也冲上来，两面夹攻，叛军将领见伯颜大将脱欢缠住叛首昔里吉，就率队救出昔里吉，昔里吉杀出一条血路逃跑，逃到也儿的石流域。元军这一战，夺回了被叛军抢走的祖宗大帐，以及那木罕王子的所部庶民。和林又恢复了平静。

这次战役结束后，伯颜召集一些叛乱的士兵，问他们："你们在元朝不是很好吗？为什么还反对忽必烈皇上，他对你们不好吗？"叛军士兵说："我们都是听了昔里吉的谎话，他说安童丞相分东西时不公平。另外，主要原因是蒙古旧俗与法不同，我们愿意按风俗办事，不愿按法办事。现在你们留在汉地，建造城郭，风格礼仪都按汉法，忘了祖宗之法，所以，我们才跟昔里吉叛乱。"

昔里吉被擒之后，不久就病死了。

第十七回　海都之乱被平定

战争结束后，钦察汗国护送那木罕王子回国，那木罕在大都见到了父皇和母后。海都也迫于形势的压力把安童丞相送回国。

历时多年的北边诸王叛乱，侵扰了漠北的安宁，扰乱了忽必烈对漠北的控制，使漠北陷入了混乱和动荡。1301年，海都因兵败受伤抑郁而死。漠北又恢复了平静。

第十八回　砸死贪官治腐败

战争打完了，漠北平静了，可是战争中的花销太大，也使国家财政吃紧。于是，忽必烈把善于理财的阿合马升为中书省平章政事，总司国家财政。

1299年农历二月，老臣太保廉希宪生病，皇太子真金前去探望。太子真金从小跟刘秉忠、姚枢、窦默、许衡、郝枢学习，深受儒家文化影响。他博闻强识，并能把学习到的东西应用到实际中去。他对父母孝顺，对兄弟友好，对朋友真诚。他19岁就被封为燕王、担任中书令，20岁又兼任枢密院事，也就是全国最高军事长官。真金30岁被封为皇太子。被人们称为"宰相中真宰相,男子中真男人"的廉希宪对真金太子说："治理国家关键是用人。用君子治理国家，国家则安定兴盛；用小人治理国家，则把国家弄的人民不得安宁，动乱衰退。我最担心的是奸臣掌握国家重权，他们结党营私，陷害忠良，误国误民。殿下应多为圣上用心，尽快铲除那些心术不正的臣子，不然任其所为，国家就不可救药了。"廉希宪希望真金太子要努力说服忽必烈，尽快除掉丞相阿合马及其党羽，以免他们误国害民。真金太子对廉希宪的话十分感激，他对廉希宪说："廉孟子啊，你放心吧，我要掌握阿合马的罪过，一定让他为他的罪刑付出代价。我父王是为了把经济搞上去，好维持战争，解决财政开支才重用他。我一定说服父王整治腐败，给阿合马治罪，他一定不会得到好下场。"

阿合马是个色目人，原来是花剌子模的一个商人，蒙古西征时被俘虏过来，充当弘吉剌部贵族的属民，察苾家的家奴。他头脑灵活、能言善辩、善于理财。最初是随察苾当仆人嫁过来的，实际是作为察苾的随嫁人来到忽必烈王府上的。阿合马也算是和忽必烈一起在金莲川一起创业的旧臣，只是他的身份是仆人和管家，忽必烈即位不久，阿合马就当上了上都留守处同知兼太仓使。

阿合马借皇帝给的权力排挤忠臣张文谦。张文谦担任中书省左丞，是有名的"好善嫉恶、敢进直言"的大臣。他在皇帝忽必烈面前揭露阿合马通过卖盐铁、农器、印纸币等事务贪污公款、害民干政等弊端。忽必烈听了张文谦之言，曾下令阻止阿合马的不法行为。为此，阿合马对张文谦耿耿于怀，频繁中伤张文谦。只因忽必烈信赖张文谦，他才免受其害。张文谦为躲避阿合马的迫害和报复，不得不辞职"避位"去主持编书。

廉希宪担任平章政事时，曾杖责过阿合马，俩人怨恨已久，他俩经常在政事上发生争执。当廉希宪罢相居家时，阿合马乘机污蔑廉希宪每日和妻儿子女宴乐。幸而忽必烈深知廉希宪一生清贫，没有设宴，才未给廉希宪带来伤害。

老臣集贤大学士兼国子祭酒许衡利用随驾之机，奏阿合马专权至上，祸国殃民。阿合马欲让其子忽辛出任掌握军事大权的枢密院签事时，许衡上奏反对，忽必烈以其权太重为由拒绝忽辛担任此职。最后，许衡还是离开了权力中心。

卫士长秦长卿上书弹劾阿合马，说："阿合马为其政擅生杀人。"阿合马后来知道秦长卿告他，他诬陷秦长卿贪污，把秦长卿害死于狱中。

阿合马和丞相安童也不和，安童是个很忠诚精明的人，深受老臣拥护。安童坚持同阿合马斗争，但由于忽必烈对安童过分倾向汉族儒士不满意，加之安童不能像阿合马那样替他理财。所以，忽必烈往往在他们的冲突中不支持安童，反而偏袒阿合马。阿合马及其党羽对安童倍加仇恨，屡进谗言，安童不得不败下阵来妥协。

在经济上，阿合马实行一些经济措施，但他却贪得无厌。首先，他通过极力增加税收，加重人民负担，增加了盐、茶、酒、醋的税额，国家增加了收入，人民却加重了负担，阿合马从中贪污受贿。在劝农政策下恢复了生产，但并没有给农民太多实惠。其次，阿合马通过印刷无本的纸钞来增加国家的财富，结果由于印的太多贬值，物价飞涨，人民受损失，社会动荡不安。再次，阿合马实行铁器专卖、盐业专卖、药业专卖等，收刮民财。

阿合马利用手中掌握的权力，大肆排挤以法治国的安童等官员，把他自己的心腹安排在重要岗位上。枢密院有人多次弹劾揭露阿合马，反被阿合马所杀。随着权势的膨胀，阿合马专横暴虐和贪赃荒淫得越发不可收敛。阿合马把谁都不放在眼里，他的矛头也敢对准殊勋丞相伯颜。伯颜自江南班师回朝，阿合马诬告伯颜私藏南宋珍宝玉桃盏。忽必烈听后大怒，下令逮捕伯颜，经御史大夫玉昔铁木儿说情，伯颜才免遭厄运。后来，那件玉桃盏由他人奉献，忽必烈才明白几乎冤枉忠良。平南宋的副统帅阿术也同样受到阿合马的打击和迫害。

阿合马有25个儿子，都居高官。有几个儿子奸淫妇女，做出很多残恶的事情，无恶不做。凡是想做官的人，无不给阿合马送很多礼物。因此，阿合马聚集很多财产。尤其是在阿合马升为左丞相后，在六部中他的党羽达到714人之多。阿合马占有府邸宅院七十余所，家中藏有大量珍宝奇货。

阿合马还常常强抢民女为妾为奴。谁家要是有个漂亮女人被他看见，就休想逃出他的魔掌。

由于阿合马在主人面前能言善辩、头脑灵活、善于理财，开始也受察苾重用。后来，察苾发现阿合马虽有理财天赋，但其为人狡黠自私，屡屡迫害排挤忠良，打压儒臣，为其独揽大权开道。察苾曾多次暗示忽必烈不要重用

圣主春秋

阿合马。但由于财政一直很紧张，忽必烈只好睁一只眼闭一只眼。再有李璮叛乱之后的教训，使忽必烈对汉臣转变了看法，他是宁用"贪而忠"，而不用"能而叛"之臣了。何况汉人儒生们轻财道，蒙古人也不善理财，所以重用了阿合马这个色目人，而阿合马对解决元初财政开支困难方面起了重大作用。阿合马又通过清户口、查地方财政收支，追征大量积欠，充实了国库。忽必烈也接受过安童的建议，解除了阿合马多个儿子的军权，但由于国家正处在用钱之际，始终没触动阿合马的职权。

一天晚上，开国丞相史天泽生病了，集贤大学士兼国子祭酒许衡、大司农张文谦和枢密院副使、国家副军事长官张易三位来探望。四人坐在一起喝酒，气愤地议论起盗国大贪阿合马。大司农张文谦说："陛下为了迅速平反，就令阿合马加强财政收入，阿合马趁机利用检查各地钱粮收入情况而大量贪污并打击忠良。护卫官秦长卿曾上书告过阿合马的状，阿合马就在理算钱谷时指使同党诬告秦长卿，说其贪污税额巨大将其逮捕入狱，然后指使手下将秦长卿捂住口鼻活活闷死了。"

国子祭酒许衡愤怒地说："江淮左道崔斌是安童丞相推荐的官，人非常正直。他多次揭发阿合马，并说阿合马是盘剥百姓的奸臣。阿合马对崔斌怀恨在心，他诬告崔斌盗取官粮，在调查期间没有定案的情况下，将崔斌杀掉。太子真金去救崔斌，当得知崔斌之死，真金太子指责阿合马没有证据为什么杀崔斌时，阿合马诬告崔斌是畏罪自杀。太子真金大骂阿合马没有证据斩杀大臣，并当场用弓打了阿合马的脸。"

老丞相史天泽说："忽必烈陛下年纪大了，身体一天不如一天，整日精神恍惚，由于国家用钱之际，把大权交给阿合马。右丞相安童曾建议不要被阿合马所蒙蔽，建议解除阿合马几个儿子的军权，忽必烈听了安童的话，解除了阿合马儿子们的军权。真金太子又怕刺激陛下，不敢把阿合马拿掉，阿合马得寸进尺地贪污并安排自己同党当官，他从中受贿。国家被阿合马弄得不得安宁，国家早晚要败在阿合马手中。"史天泽边说边流泪。

这时，一身正气的枢密院副使张易说："诸位老臣年纪大了，不必太伤心，我们要用特殊的办法除掉这个祸国殃民的大坏蛋。"

第十八回　砸死贪官治腐败

三位老臣热泪盈眶地说:"将军保重!"

在枢密院副使张易将军府上,张易秘密地叫人把王著邀到府上。王著是山东益都人,任千户之职。两年前张易到山东办事认识了王著。二人志趣相投,对国家一些大事看法相同,特别是对阿合马的看法更是一致。王著有侠士风范,他和张易志同道合,成了莫逆之交。他们决心找机会除掉阿合马,为国家除害。

张易小声告诉王著:"除掉阿合马的机会来了。"

王著问:"什么机会?"

"根据国家两部制的传统,忽必烈陛下照例前往元上都,太子真金及朝廷主要官员要随行,只留下阿合马和我等少数官员在京。太子一走,阿合马就松了一口气,我们趁机除掉他。"张易将军说。

"怎么除掉他?"王著问。

张易趴在王著耳朵边小声告诉他采取的计策。

张易问:"你的流星锤带来了吗?"

王著从袖子两边一边拿出一个流星锤。他借酒兴,拉开架势,在屋中舞起流星锤。锤子上下飞舞,像两团流星。

"你平时武功不错,你练这双锤子干嘛?"张易问。

"我这双锤子就是为打阿合马预备的,我早晚要用这双锤结束阿合马这条狗命,为被他迫害死的人和老百姓报仇!"

"老弟真是狭义风范!"张易说。

"老兄,我反阿合马,是因为他专权误国横征暴敛,残害忠良,迷惑皇帝,我绝无反忽必烈陛下之意。请你有机会对太子真金说:'我王著愿用一颗头颅为国除掉一奸佞。'"王著说。

张易说:"我们共同努力吧。我先把你调到大都,让你当守城护使之职。"

"那对我们除奸贼的计划更有利了!"王著说。

王著后来被调到大都为护城使。

张易决定给王著配一个得力助手,他想到了高和尚。张易和高和尚结交

131

多年，他有一天来到高和尚庄上。高和尚是江湖义士，见张大人上自己庄上，特别高兴，和张易一起喝酒。张易把打算除掉阿合马之事告诉了高和尚。高和尚挺讲江湖义气，他决定帮张易除掉阿合马这个祸国殃民的坏蛋。高和尚对张易说："让死人再活我不一定能做到，但让活着该死的人死掉我却能做到。"张易说："那就好。"二人合计好之后，高和尚在家做好准备，等待张易将军的指示。

忽必烈把开平建为上都，上都是他的发祥之地。1268年，忽必烈又把燕京改为首都，名为大都。开平上都降为陪都。大都是当时世界最壮丽的城市之一。忽必烈并列两部制度，并确立了上都巡幸制度，皇帝在各都的时间大体相等。每年二月，春天来了，忽必烈就从大都起行到上都去巡幸，到九月份再从开平上都返回大都燕京。有时返回时间也提前到八月或推迟到十月。巡幸实际是去避暑地办公、打猎。

忽必烈每年巡幸上都，都要带着大批人马随行。除了后妃、太子诸王外，还有部分大臣和大批护卫。中书省官员除了平章政事、右丞、左丞留守大都外，其余都要随皇帝出行。枢密院的枢密使、知院、同知、枢密副使等官员，除一人驻守大都外其余都要随行。另外，皇帝巡幸还要带大批护卫队伍，负责保卫皇帝的安全。护卫部队包括亲军和护卫两大部分。走在巡幸人马前面的是驮着黑旗和小鼓的骆驼和驮着皮鼓的马队。忽必烈乘坐的是象辇，开始几年也骑过马。象辇就是在象背上驾起的"象轿"。里面有书、床和生活用品。象辇周围插有旌旗。皇后、妃嫔、太子、诸王、大臣大多乘车和骑马。随巡幸的仪仗队分别手执旌、鼓、弩、刀、弓、枪等，浩浩荡荡，大队排到几十里长。

1282年农历三月，忽必烈按照惯例要到上都巡幸，在京官员都来送行。护卫队、仪仗队排着长长的队伍，锣鼓喧天。真金骑着马跑在皇帝忽必烈象辇旁。真金在一群官员中看见了张易，他用眼睛看了一眼张易，然后举起右手做了个往下劈的手势，张易领会地点点头，打马跑去。

第十八回　砸死贪官治腐败

1282年农历三月十六日晚，新升的丞相阿合马家中，灯亮烛明。阿合马府宅院内摆宴席，正座位上，坐着阿合马，旁边是他的老婆，儿子及妻小上百人，一家人正在吃饭说闲话。他们家为什么当晚开宴会大吃大喝？因为皇帝到上都开平去巡幸，太子真金也去了。阿合马最怕真金，只要真金在家，他平时不敢喝酒上朝。真金太子发现他喝酒上朝就打他嘴巴。真金走了他什么人也不怕了，他想干什么都无人敢管。他的大儿子，江南行省平章政事忽辛和他二儿子杭州路达鲁花赤末速忽进来，拜见了父母就坐在首桌。忽辛肥头大耳，红红的大脸，络腮胡，他大声说："为什么这么早吃饭？"

阿合马说："不等你们，我们早吃了！"

二儿子末速忽是个小个子，和阿合马长得差不多，尖嘴猴腮，他说："爸，为什么我们今天晚上开宴会？"

阿合马说："今天晚上没有人敢管我们了，真金那小子随皇帝巡幸去了，现在在京城里属我官大，我开宴会也没有人敢管。今天你们有什么事快说吧，我们趁真金太子不在家，把该办的事都办了。"

大儿子忽辛说："我前一段时间，用了一个钱庄的一些银子，他想要个六品官当当，您老人家看如何？"

"那可以，但他给你银子，你还没给我银子呢？"

忽辛马上答应："爸，只要让他当上六品官，他少不了给您银子，您老人家放心。"

二儿子末速忽马上跟着说："爸，有几朋友，因为打死一个人，现关押在狱中，您老能给捞出来吗？"

阿合马说："捞死人价可不能低了！"

"钱没问题，这几户人家都是经商的，您老人家可以开个价，我好转告他们准备。"末速忽说。

他们正说着话，一个周姓州官（也是阿合马亲戚）进来了，叙礼之后坐下，他用眼睛警惕地看着屋内几个男人。

阿合马说："你看什么，都是我家里人，没外人，你有什么事快说吧！"

那个州官小声说："还是我要调回朝廷的事，请丞相爷抓紧点。"

阿合马喝一口酒说："你们这些外官，在外做官多好，自己说了算，想

133

要什么有什么。要钱就多收税，有人办事也要收钱，你收钱之后再给你上司送，这样你还有不升官的，还用别人给你往上调。从下面收钱往上边送，升了官再从下面收钱，再往上面送，你就一步步升上朝廷大官。这就是我的经验，我们是亲戚，我才告诉你，别人我还不告诉呢！"

阿合马喝了口酒又说："想当官还有一条路，就是靠个官，趋炎附势，见风使舵往上爬，这也能当官，这两条路我都教给你了，你自己照着办吧。这社会就是个关系社会，你不攀附权贵，你能当官吗？"

"丞相说的是，小的记住就是了。等您把我调到朝廷中来，我再照您说的办！"那个州官说。

这时，在一旁的阿合马的爱妾说："明天我也收钱，再用收的钱往上爬。"

"你个女流不当官，谁给你送钱。不收钱你哪来的钱往上送。你还是在家呆着吧！"

这时，院里有爆竹声响，孩子们庆祝皇帝巡幸去了。

这天上半夜，王著和高和尚带领一些人从居庸关来张易府上找张易。趁天黑，张易调守城卫队两百人随王著、高和尚进城。王著和高和尚让二百近卫军装扮成太子仪仗队，簇拥着太子回京。他们找一个有点像真金太子模样的士兵扮成太子坐在车辇中。

阿合马正在家中吃喝玩乐，这时家中管事传来急报，说枢密院副使来通知，说太子回来了，正在东城门。听了这句话，阿合马挺吃惊，他想不起太子为什么急事回来，另外，每次返回京城都是走南门，今日为何走东门。他想可能发生了大事。这时有人说："太子回来要做佛事，请丞相去迎接。"这下阿合马放下了心，他想真金真是多事，这大黑天的做什么佛事，可能是找我的错，借此来报复我，所以，阿合马又紧张了起来。

过了不长时间，一些皇宫卫队簇拥着太子仪仗队来到东门外，马蹄声响震耳，马上的人都穿护城卫士衣甲。这些队伍来到城门下，阿合马带领一些大臣和护卫正在东门等候。他们开了城门，见了真金太子人马，心惊胆战。他们看见车辇中坐着真金，望而生畏。阿合马领众人下马跪在假太子面前和王著及高和尚马队前,说:"太子殿下,微臣阿合马有失远迎。"

假太子装作生气的样子说:"阿合马你好大的胆子,你为什么迟迟不来迎接?"

阿合马一听真金说话有点不太像太子的声音,他正怀疑,刚喊出"假太子"时,王著上前捉住阿合马,用铜锤砸烂了他的头,骂道:"砸碎你这个万人恨的坏蛋。"锤起锤落,阿合马脑浆崩裂。

"他们不是太子,是假太子",队伍中人们齐呼。但由于阿合马带的人少,他们被杀得屁滚尿流,边喊边四散逃亡。双方短兵相接,互有伤亡。

杀声惊动了南门巡夜将领张久思,张久思带领大批军队来到,包围了王著和高和尚的队伍。经过一场混战,假太子被杀,王著被抓,高和尚逃掉。

天渐渐发亮,阿合马被假太子杀死的消息传遍京城,人们互相奔走相告,有些人家还燃放起了鞭炮。大街上集聚了很多人,像过节一样,有人家杀鸡宰羊,有锣鼓的敲锣鼓,没有锣鼓的人家就敲起铜盆。城里的鞭炮很快被售完。

张久思的护城卫队也在街上跑,他们封锁了所有城门,并挨家挨户的搜索,终于把高和尚抓了起来。

在街里小茶馆里坐了一些人,讲假太子砸阿合马的故事,说王著多么高大,说高和尚能起死回生,还说城外有队伍要来城里救王著他们。也有说,这次砸死阿合马是朝中当官的指挥的。

天已大亮,张易带兵来到东门外,见张久思已经抓住了王著和高和尚,王著看见张易骑马过来却大骂:"张易你们不抓阿合马这个贪官,却来抓杀贪官的,国家老百姓白养你们了!"

张易知道王著是出于义气来掩护他,但张易决心自己承担一切。

张久思叫人把王著和高和尚关进大牢。怕有人冲进城救走王著,各城门都关了起来。

忽必烈巡幸的队伍正在往上都进发,忽必烈正在轿上睡觉,驿站传来飞报,说在京城的丞相阿合马被砸死。听到这个消息,忽必烈大为震动,他开始以为有人要造朝廷的反。后来听说只是杀了阿合马,他知道不是冲他来的。忽必烈赶快赶到上都。到上都之后,他就急忙研究处理砸死阿合马的事。他决定派太子真金带一些人回来处理此事。真金为除掉阿合马而高兴，却又怕此事牵连了张易等人。

真金和枢密副使孛罗等回大都之后提审了王著和高和尚，他们承认此次活动是自己所为，没有牵扯张易。阿合马家属和同伙都认为护城军是张易给拨发的，张易逃不掉关系，死死盯住张易不放。情况汇报到上都，忽必烈听说张易调兵支持造反，勃然大怒。于是，王著、高和尚、张易同时被处死。

太子真金认为不该处死张易，他认为这是一次百姓反阿合马的个别事件，这和李璮事件不一样。伯颜也同真金一个看法。但忽必烈认为这里有汉人反对蒙古人统治的性质，张易应服法。

在刑场上，王著说："我王著为天下人除了害，死得其所。今天我死了，日后必有人为我书此事。"王著将军死时年仅二十九岁。

张易将军死时年仅四十几岁，他在刑场上谈笑风生，面不改色，毫不惧死，他仰头三声大笑而死。

高和尚面对众人说："父老乡亲，我高和尚今天死了，明天还会活的，阿合马这个坏蛋却永远死了。"

最后，忽必烈没有给张易定罪造反，这样对他家属有好处，给他定的罪名是"应度不审"，用此说明张易并没有直接参加造朝廷反，而是调兵给王著"不慎"。而且，忽必烈不让在朝廷中挖王著、张易同党。

王著、高和尚和张易遭杀身，引起了很多人同情，京城很多人为他们作诗悼念，并有很多人焚香烧纸祭奠，不少蒙古人也参加了祭奠王著、高和尚和张易的活动。

张易等人被处死，真金太子十分悲伤，他救不了他们。不过，他心中始终压不下去这股火。他想为砸死阿合马的张易、王著、高和尚报仇。他搜集阿合马的罪过，寻找报仇的机会。

砸死阿合马这件事使忽必烈受到很大震动，他知道这是人民对朝廷的不满，特别不能理解自己亲信大臣张易也参与此事。忽必烈把自己心中的纠结和苦恼告诉了皇后察苾。察苾说："这件事是对阿合马来的，都是阿合马自己惹的事。要说是对朝廷叛乱，那是不对的，他们针对的是贪污腐朽，不是对朝廷。在一个多民族国家里，这么多民族生活在一起，不要出了问题都往民族问题上扯，只有对错之分，好坏之分，民族问题终究是人的问题。"

"你这话说到我心坎去了，在过去的日子里，风风雨雨，都是各族人民共同奋斗过来的，在斗争中我们不分民族，生死与共，这些事我都不会忘记。"忽必烈说。

"所以，我说阿合马的事件，不是汉族反对蒙古皇廷的斗争，不是汉族不可靠的问题，而是朝廷自己出了问题。"察苾说。

"你说的可能是对的，还是你对我说实心话！"忽必烈说。

察苾说："别人都不敢说，有多少人因告阿合马的状而入狱掉头啊！你应当相信，汉族中多数官员和百姓是拥护你和帮助你的，应当听他们的建议，使朝廷更清明。"

"你给我说这些话，解开了我的心病，我要送给你一件让你高兴的礼物。"忽必烈说。

"什么礼物，快说出来，让我高兴高兴。"

"我要在你过生日的时候送给你一颗大钻石，把它镶嵌在你的皇冠上。"忽必烈说。

"那你快拿过来，让我看一看。"察苾高兴地说。

"可是目前还没有找到那样大的钻石。"忽必烈为难地说。

父亲要给母亲大钻石的事，让真金知道了，他对父亲说："父皇，不妨我找几个西域来的商人问一问，看他们能不能帮助找到那样大的钻石。"

"这个主意好。"忽必烈高兴起来。

一天，太子真金带来两个西域来的商人觐见皇帝。忽必烈问："你们能否找到大而美丽的钻石？"

"有是有过大而美丽的钻石，不过，我们已经将那颗大钻石献给皇上了。"西域商人说。

"朕怎么不记得有这么回事,你们是怎么送来的?"忽必烈又问。

"我们是通过阿合马大人送给圣上的。"两位商人齐声说。

"你们下去吧!"真金说。

忽必烈转而问真金:"我不记得有这么回事,你到下边查一查是怎么回事。"

"我派人去查一查,看到底是怎么回事。"真金说完就退下去,他心中暗喜。

真金太子派人去阿合马家调查,阿合马妻子映哲哈敦把两颗美丽的大钻石拿出来,她以为皇上想赐给阿合马什么封号呢,她把两颗大而美丽的钻石都拿了出来。原来,西域商人献钻石时,一颗献给皇上,一颗献给阿合马,结果却让阿合马都给贪污了。

真金把此事报告给了忽必烈,忽必烈震怒了,他说:"没想到,二十多年这么听我话,事事顺从的宠臣会欺骗我,他连我的东西都敢贪污。看来,这些年来我是拒谏饰非了。阿合马花言巧语、阿谀谄媚欺骗了我,真是蛇蝎心肠。"

忽必烈命令真金:"多派些人,仔细搜查,彻底抄阿合马的家和调查他的罪行。"

调查结果是从阿合马家起出的金银财宝比皇家的都多,犹如金山银山;阿合马妻小五十多人,侍妾四百多,四五百美女,还在他家翻出两张人皮。

阿合马被抄家之后,在朝廷中清查他的同党竟多达714人,133人被革职,还有其余581人后来也被罢黜。

忽必烈下令,将阿合马挖墓剖棺,戮尸于通玄门外,纵犬食其肉。官员、百姓围观称快。其巨额贪污的财产被籍没,家中的奴婢被放纵为民,其长子忽辛、二子末速忽、三子阿散、四子忻都及其党羽也都伏诛。

阿合马如此下场,叫各族百姓拍手称快,扬眉吐气。朝野欢呼皇帝万岁,忽必烈心中十分高兴。忽必烈在朝会上对大臣们说:"张易、王著、高和尚是为民除害,为朝廷立功!怪我有眼如盲,没能洞察其奸。我要感谢张易将军等三人。"

真金太子感动地说:"朝中大臣都说,父皇仁慈太过,被小人给蒙蔽住了。起初孩儿不敢相信,现在看来,王著他们的确是为民除害了。"

王著、高和尚、张易等一些人都得以平反，诏命为他们树碑、修墓并抚恤家属。真金太子找翰林大学士、书法家赵孟頫为张易等三人在碑上题写了四个大字：碧血丹心。很多人来到了张易等人墓碑前上贡焚香，宝日玛和蒙儿也在人群中，因为宝日玛的哥哥安童和丈夫伯颜也被阿合马陷害过。

阿合马被砸死这件事，也让忽必烈对自己如何看待人的一些不正确的做法有些悔悟和觉醒，缓和了统治阶层内部的关系。忽必烈从此便放权给真金了，另任命张易的老朋友张文谦掌管枢密院。

在廉希宪家中，廉希宪听说阿合马罪行被揭露，忽必烈皇帝诛其党羽，为张易等平反，廉希宪为张易焚了香。他觉得大害已除，自己死也瞑目了，他在临终前叮嘱儿孙谨守清廉。他说："你们知道狄梁公吧，梁公有大节殊勋，但儿子却玷污了他的清名，你们要谨记为戒！"狄梁公即唐朝名相狄仁杰，死后其子贪暴，百姓愤而毁了狄仁杰的生祠。廉希宪的六个儿子都表示时刻遵守父亲的遗训，在元朝为将为相都要清廉自守。元朝追封廉希宪为魏国公，赠精忠报国功臣、恒阳王等荣誉称号，谥名为"文正"，这个谥号是对大功臣的最高评价。

第十九回　皇后病逝纳南苾

阿合马被除掉，朝中的大臣和百姓都很高兴。有些人申冤，有些人报了仇，朝中恢复了往日的平静。但是，察苾皇后高兴不起来，她前思后想当初不该把阿合马带到黄金家族中来。阿合马这件事弄得察苾皇后神昏意乱，心神恍惚，她总觉得此事她对不起朝中的大臣和忽必烈。察苾是一位心细如发的人，可当初就没看准阿合马这个人，被阿合马的阴一套、阳一套、吹牛拍马、卑躬屈膝、诏谀取容、阿其所好那一套所欺骗，她深深感到认识一个人真是不容易。用不好一个人，往往会给天下的百姓带来灾难。察苾在屋中想到这里，就想让脑子清醒一下，她决定同蒙儿一起去庙里去上香。宝日玛结婚后，蒙儿就成了察苾皇后的护身侍卫。察苾皇后同蒙儿在家庙呆了一个时辰之后，她就往回走。在回来的路上，真金太子跑来向她报告，说镇守云南的真金的弟弟忽哥赤被奸臣害死。原来云南很不稳定，天高皇帝远，自然条件繁杂，而且生活条件艰苦和危险。忽必烈为了锻炼子女的治理国家的本领，才派了忽哥赤前去镇守云南。由于忽哥赤的努力工作，在云南治理上取得了很大成绩。蒙古的统治，引起了云南大理王朝旧势力的仇恨。忽哥赤是被心怀异志的云南三十七部都元帅宝合丁设宴毒死的。察苾听到儿子的死讯，受不了这么沉重的打击，从此一下子卧床不起，她常哭着说："可怜我儿忽哥赤三十二岁就被害死了。让我死也别让我儿死！"

由于事情太忙，皇上一连好几天都没有回到后宫。察苾很想把一肚子话说给皇上听。而皇上又怕引起皇后悲伤，不太敢见皇后。他也后悔不该把年轻的忽哥赤派到云南去。因为云南大理国独立多年，形势太复杂了。

正在察苾皇后思念皇上时，皇上在侍卫护送下来到后宫，忽必烈让蒙儿好好安慰察苾，好好给她喂药。忽必烈见察苾后，发现她苍老不少。忽必烈让太医好好为察苾皇后治病，并叫太医从东北高丽处取上好的人参为皇后调治。

察苾皇后说："人老了，又接二连三的出了这么多事，叫我吃什么灵丹妙药恐怕也不会管用。"

忽必烈说："我本不想把忽哥赤去世的事告诉你，怕你伤心，没想到真金这么快就告诉你了。"

"早晚我也得知道，早告诉我更好。只是这事情太惨了，他这么年轻就被毒死了！"察苾一边说，蒙儿一边为她擦泪。

忽必烈握着察苾干瘪苍白的手说："你放心吧，我会给忽哥赤报仇的。我已派兵镇压了宝合丁的反兵。"

"得知孩子被害的前几天，我半夜做了一个梦。梦见我去寺里上香，寺里很阴暗，黑洞洞的。我刚要退出来，一个披头散发的鬼拿着鞭子要抽我，他手里拿着一个血淋淋的人头。我被吓醒了，把蒙儿也吓哭了。结果我是睡梦魇了。醒了以后，我浑身缩成一团，身体一直打哆嗦。身上从此不舒服，心口疼，吃药也不管事。"

忽必烈说："你是挂念孩子才做这个噩梦，也许是忽哥赤这孩子给你托梦来了。忽哥赤这孩子虽然去世了，但他为云南巩固社会秩序、发展生产，加强汉族与白族的民族团结方面做了很大贡献，人民是不会忘记他的。这也是你作为母亲的骄傲。"

"你们都管那么多大事，能不让我操心担忧吗？你应该像从前一样，有事多和大臣们商量办，个人说了算不是什么好事情，容易办错事。在金莲川的时候多好，大家在一起商讨事，什么难的事都能被大家化解。大家一齐吃苦，一起出主意办事。办事不隔心，办什么事都很顺利，你忘了，我还给赵璧补过衣服，刘秉忠一天总围在你身边。现在，你成了皇帝，说实话的少了，净听些百般奉承、谗言佞语和挑拨离间的话。"

"这几年我也是年老了，不愿和老臣们见面了，主观性也强了，什么事多数自己说了算，而且净愿意听服从的话。从阿合马的事，我也总结出教训，我知道我人老脑袋也老了，今后我把很多事交给真金去办。"忽必烈很认真的对察苾说。

察苾和忽必烈说说闲话，感到身上轻松多了，忽必烈也说："今后我有时间多陪陪你好了。"

看着察苾皇后来了精神，脸上露出喜色，往事一幕幕出现在忽必烈眼前，他觉得察苾比一般人有远见。

灭完南宋之后，中国统一了，天下太平了。有一次，忽必烈大摆筵席，酒酣耳熟，鼓乐喧天，众臣喜笑颜开，只有察苾一个人若有所思，闷闷不乐。忽必烈问："现在江南已经平定，从此不必再大动干戈，大家都高高兴兴的，你为什么面无喜色呢？"皇后说："我听说从古至今，不曾有过一个朝代能千年相传，但愿我们的子孙不会蒙受亡国的危运。"

还有一次，朝廷大臣献上草图，要在京郊割地做牧场，一是牧放宫中的马匹，二是用来供宫中打猎用。当时，忽必烈应允了。皇后察苾听说这件事感到不妥，但又不便在众人面前驳忽必烈的面子，她就责备在一旁的刘秉忠说："刘太保，你是个聪明人，皇帝对你言听计从。你明知这样毁农田作牧场的事不妥，为什么不劝阻一下？我们刚到这里时割草放牧倒可以，现在天下太平了，郊外田地各有其主，大家安居乐业，再强行把良田变牧场，这不是太过分了。"她这些话其实是说给忽必烈听的。忽必烈感到察苾说的话言之有理，就打消了割地放牧的计划。

忽必烈知道，察苾皇后不但善于给别人提好意见，她自己有错也能立即改正。有这样两件事，忽必烈至今记得很清楚。这几件事一件一件浮现在忽必烈眼前。

察苾对被俘的宋皇室成员很照顾，她发现南宋太后全氏在北方水土不服，三次上奏请求皇上将宋皇室遣归江南。忽必烈对她说："你没想到吗，如果让太后回江南，他们就会有生命危险的，因为他们在南方积很多民怨，你这样做是害他们的，还不如让他们在北方。我们多给他们些照顾。"察苾接受了这个想法。

还有一次，皇后察苾叫侍卫太府监去取一些丝绸布料。忽必烈知道这件事后，批评说："这些布料不是私家物品，都是供军用的，怎么可以随便来拿？"察苾皇后知道这件事做错了，马上就改。从此，她常常带领宫女纺纱织布，还利用旧的弓弦织成衣服，把废弃的羊皮缝制成毯，在宫中提倡勤俭风气。

皇帝和皇后在美好往事的回忆中静静地睡着了。

在半个月后的一天晚上，察苾皇后又作了一个梦，梦到她来到一个大宫殿。宫殿覆盖着淡青色的瓦，房柱子都是鲜红色的，房子十分壮观。正在这时，从大屋里走出一个白胡子老头，他手里拿着一个果子。他对察苾说："你一生做好事，这棵树上长的善果给你吧。"察苾用手一接，果子掉在了地上，察苾吓醒了。人们都已经睡熟。等察苾惊醒起来解手跌倒在地，人们才醒来，将察苾扶上床，当晚无话。第二天早晨，宫女及蒙儿发现察苾皇后四肢发冷，蒙儿觉得皇后气息极弱，于是唤来了御医。御医来了之后，经抢救无效，皇后患风疾而亡。

忽必烈早晨起来听说皇后患病，急忙赶来，可还是晚了，等他来到时，皇后已经身亡。皇后在忽必烈心中有极重的分量。他认为，察苾是天底下最好的妻子，她聪明、贤惠、善良、美丽。忽必烈哭的很伤心。

察苾去世，忽必烈总是闷闷不乐，精神不振，甚至有点苍老。他心中总是思念他可爱的去世的妻子察苾。察苾不但给他生了几个可爱的儿子，还协助他打理江山。虽然国事繁忙时，忽必烈忘记了察苾，但一闲下来，总觉得

第十九回　皇后病逝纳南苾

应该和察苾聊一聊，缓解一下心情。所以，察苾一去世，忽必烈变得心烦意燥。

父亲这一切，真金太子和太子妃阔阔真都看在心里。太子真金不但长得像他母亲察苾，而且对人和气的性格也和他的母亲一样，他对人文明诚恳、知书达理。真金对大臣们好，对兄弟也友爱。真金在母亲去世后，悲痛欲绝，三天不吃饭，昼夜为她守灵。他知道父亲思念母亲是长久的。但也不能光是这样忧愁，因为国家的大事还要他去办。真金每天都想为父亲分忧，想帮父亲减轻苦恼。

有一个阴天的傍晚，忽必烈正躺在龙榻上休息，屋内没有别人。由于是阴天，屋里的蜡烛一闪一闪的。这时，忽然从外面掀帘走进来一个女人。她的身段、脸和眉目都和察苾长得一样俊美，她的神态以及含情脉脉的眼睛也和察苾相像。忽必烈有点神魂颠倒。他想：这不是我亲爱的察苾又回来了吗？只是她变得更加年轻漂亮。忽必烈激动的眼睛有点模糊，泪从眼角流下来。

"你怎么回来了，我的察苾？我不是在做梦吧？"忽必烈起身站在那个女人的面前，握住她白嫩的手说。那个女人退一步给忽必烈行了一个大礼，平静地笑着说："我不是察苾，察苾是我的姑姑，我叫南苾。"

南苾也是弘吉剌人，是察苾的侄女，按民族习惯，她可以来到皇帝身边为妃，替她去世的姑姑察苾照顾她的姑父忽必烈。

一股暖流流遍了忽必烈全身，忽必烈握住南苾的手说："你不是南苾，你是我的察苾。"

"不，我是南苾，察苾的侄女！"南苾坚持说。这时，太子真金和儿媳阔阔真走进来。真金说："父皇，这个人不是我母亲，她真叫南苾，是我母亲的亲侄女。她是由您儿媳阔阔真从弘吉剌接来的，由她来服侍您。这一切都是由我母亲在她去世前安排好的，父皇请您接受。"

忽必烈踌躇说："难得你母亲的一片苦心。她为我想的太周到了，怎能不接受。"很快，南苾被册封为皇后，执掌六宫。按蒙古的习惯，侄女是可以嫁给自己姑姑的丈夫的。南苾在家中受过很好的教育，受她姑姑的影响，她也读了很多儒家的书，她懂蒙文，也会汉话，识汉字，她能帮忽必烈处理一些文书。南苾特别有政治头脑，行事风格和察苾一样宽厚仁慈。

太子妃阔阔真对真金太子说："母亲真是天底下最好的妻子，她竟将自己的身后事安排的这么好。"

太子真金对阔阔真说："你也是个好儿媳，连我都不知道你做的这件事。"

阔阔真说："我接南苾不让你们知道，一是怕父亲不让接；二也是为了给父亲一个惊喜；三也是母亲在世时的吩咐，她只让我一个人知道。"

"你真是母亲的好儿媳。"真金说。

朝野上下，像对待仁慈贤淑的察苾皇后一样仰慕新皇后南苾，都希望她像察苾皇后一样，是个让人尊敬仁慈的皇后。

第二十回　纳谏节约得人心

　　春光明媚，京都郊外西山上各种树草都绿了，花也快开了。草长莺飞，姹紫嫣红，春和景明。
　　忽必烈想趁春光好，领着家人去郊外搞一次春游。他带着护驾，坐着轿子来到西山角下。那里风和日丽，花红柳绿。南苾和妃子们在草地上欣赏各种奇花异草。忽必烈在草地上练习射箭，一群孩子们在玩摔跤。另一群姑娘们在跳安代舞。
　　天有不测风云，忽然变天了，一阵疾风暴雨下来，忽必烈等赶快移驾回宫。
　　等玉辇进城后雨又停了，天和日丽，一片乌云散了。车辇正好路过大臣李冶家。忽必烈忽然对身旁的南苾说："你们先回宫，我趁路过李冶家，到他家去坐坐。"南苾随车队回宫去了，忽必烈来到李冶家的庭院。

李冶听说皇帝来到府上，马上招呼家人出来迎驾。

"皇上驾到，微臣李冶有失远迎。"李冶行叩拜礼。

"迎什么，不必忙了，我是没什么事，顺路来你家坐一坐。"忽必烈说。他抬头一看，大臣王思廉也在李冶家做客。

皇上落坐后，忽必烈看书架上有些书，马上问："你们二位在看什么书啊？"他顺手从书架上拿起一本《资治通鉴》。

"我们在闲聊，讨论《资治通鉴》中的人物。"王思廉说。

"好，参加讨论我也算一个。"忽必烈又恢复年轻时和幕僚们常在一起讨论的习惯。

忽必烈急忙问："你们讨论《资治通鉴》中的哪个人物？"

"我们在讨论唐朝时的大臣魏征。"李冶答。

"你们评魏征如何？"忽必烈认真地问。

李冶郑重地说："魏征人品高，是一个忠诚之人，他知无不言。依我看，他是唐朝第一个敢规劝皇帝的大臣。

忽必烈侧耳问："今天我们的朝臣中有魏征这样的人吗？

"现在溜须拍马、阿谀逢迎成风，人们都看上司脸色讲话，若想找唐朝魏征那样敢讲真话的人很难了。"李冶看着忽必烈的脸，壮着胆子说。

沉默了一阵子，王思廉说："陛下，我给你讲一个魏征犯言直谏的故事。有一次，魏征犯言直谏，唐太宗很生气。回到后宫说，一定要杀掉魏征。长孙皇后得知事情后，马上换上朝服向唐太宗贺喜，说国有魏征这样的诤臣是皇上之福、国家之幸，只有皇帝虚心纳谏，大臣才敢犯言真谏，这是为皇帝者英明的一种表现。唐太宗听了长孙皇后的话，转怒为喜。"

忽必烈听了以后很受教育，他对王思廉说："王爱卿，你讲这个故事很好，你要把这个故事讲给后宫的皇后妃们听听，也让大臣们知道这个故事，要大臣们以魏征为榜样，要后妃们以长孙皇后为榜样，敢于进谏。朕自己要以唐太宗为榜样，虚心纳谏。"

忽必烈离去以后，李冶同王思廉谈兴更浓。

王思廉低声对李冶说："这些年来，皇上不像建国初那样深入一般人中去，整天和大家一起说笑，一起工作，有话有事随时就说了。这些年，他处在深宫大院，总也见不着百姓和一般官员，对下边人的感情淡了，也听不到下边的声音了。后期，他身边整天就是阿合马那些溜须拍马的人围着他，时间长了，他就不愿意采纳别人的逆耳忠言了。阿谀奉承之风容易把一个皇帝吹成一个不愿意接受真言直谏的专断独行的人。"

李冶说："阿合马因腐败被杀和清除，也使皇帝有所醒悟，他觉得他是被阿合马的甜言蜜语给骗了。他现在又提倡直言敢谏了。"

有一天，忽必烈脚因受凉，在过雪山时受凉犯下的足疾又复发了，他请御医许国祯为他看病。根据忽必烈的病情，许国祯给他开了补骨补肾活血的几味中药让他服用。药熬好后，忽必烈喝药时把药全吐了，因为药味太重太难喝，结果，他连一副药也没喝完就不喝了。这件事被许国祯知道后，来宫里劝忽必烈继续喝药，他说："古人有言，良药苦口利于病，忠言逆耳利于行。"忽必烈听了许国祯的话没说什么，但他还是没有服药。后来，忽必烈足疾继续发作，他很痛苦，又召见许国祯给他治病。许国祯来了以后，忽必烈特别感激地对许国祯说："不听汝言，果困斯疾。"许国祯回答说："良药苦口既知之矣，忠言逆耳愿留意焉。"他劝忽必烈在朝办事时应该注意纳谏。暗含的意思是说，如果陛下早接受大家的意见，不长期重用阿合马，就不会出现"王著锤砸阿合马"那件事了，也不会给国家财富和社会风气造成那么不好的影响。忽必烈听了许国祯的话，觉得很有道理，又是直言敢谏。为了感激许国祯给他献的忠言，把自己喜爱的"七宝马鞭"赠给许国祯。在这以后，忽必烈牢记"逆耳忠言"这句话，对大臣们的进谏能采纳很多。

南宋灭亡之后，江南有的道观藏有宋朝皇帝的画像，有位僧人与道观有矛盾，便上衙门将此事告官。官府将此事上报给朝廷。忽必烈初听后很生气，以为江南人仍有造反之心，想用重刑处置此道士，但又有些犹豫。特以此事征求大臣石天禄的意见。

石天禄上殿对忽必烈说："辽国灭亡之后，辽国皇帝和皇后的铜像在京西一直保存，至今仍然有之，未听说还有这方面的禁令。"

忽必烈听了石天禄的话，疑心顿释，对追查此事的官员说："江南道观及其人民保留宋朝皇帝画像的事,一概别究查了!"

平海都之乱取得胜利,兵部在开庆祝大会时要给宗王、大将军、功臣以大量赏赐,此事报告给了忽必烈。忽必烈下诏主张给有功的将士以赏赐,但为了给国家节约钱财,赏赐的数目要有一定合理的限度,赏赐要有一定的节度,要节约国家的财产。

有一天,太子真金忽然有病,消息传到忽必烈那里,他带着南苾皇后去探视。他们二人看到床上铺有织金卧被,以为真金生活奢侈,就生气地对真金的妻子太子妃阔阔真说:"我总以为你最贤淑,为什么如此奢华若此呢?"阔阔真听后,十分惶恐,急忙跪下解释说:"常时不曾敢用,今为太子病,恐有湿气,因用之。"说罢立即撤去。从此之后,阔阔真事事小心节俭办事,生活过的很俭朴。

忽必烈不但要求孩子们俭朴,他自己生活也过得很简朴,他从不穿华丽衣帽,衣服常常是补了又补。他注重理财,目的是让国家富强起来。忽必烈的俭朴,在历代皇帝中是少见的。

第二十一回　修大都彰显国威

蒙国帝国时期，朝廷决定大事的方式主要是忽里台贵族会议决定，有点民主议会的意识。但由于受封建制度的影响，元朝也由皇帝独裁。不过决定大事，忽必烈还是习惯召集大臣们一起商量办，这种形式就是由中书省、枢密院、御史台大臣来奏闻，奏闻会议的主持者和决策者是皇帝。

忽必烈即位后，决定召开一次省院台奏闻会议。主持会议的皇帝忽必烈坐在御榻上说："今天我们开一次省院台奏闻会议，会议的主要议题是关于修建大都燕京的事。"

各位大臣互相看了半天，也没有人发言，满屋子寂寞无声，因为大家谁也不知道皇帝的意图是啥。

"你们真就没有可说的吗？"忽必烈有点着急地说。

"不是！"大家齐声说。

"我说一说我们的想法。"终于有人发言了，发言者是前朝中书令耶律楚材的儿子，当朝参知政事耶律铸。

耶律铸说："我们认为不是不修大都燕京，而是应该修建一座雄伟的大都。为什么呢？因为元朝是一个大国，也是钦察汗国、窝阔台汗国、伊利汗国、察合台汗国等国的宗主国，在世界上影响很大。如果大都建的不成样是说不过去的。"

"那么在哪里修建新大都呢？"忽必烈问。

赵璧说："应该在原大都燕京的基础上修大都。因为燕京古时是燕国的都城，它坐落在燕山脚下，风水好。它古时称蓟，后来成为燕国都城，后改为燕京。在春秋战国时期，蓟已经发展成为当时的名城之一。到秦汉隋唐时期它已成为州郡府的所在，称为幽州。辽国时把它改为南京，称为燕京，为辽的陪都。后来它又成为前金国的首都。燕京有优势的地理环境和悠久的历史，它和哈剌和林及开平比较，更适于建国都。幽燕之地，龙蟠虎踞，形势雄伟，它有利于对中原的统治。"

刘秉忠发言道："不能在辽金旧都城基础上修，应该在旧都城东北，组织修建新的大都宫城燕京。"

张德辉说："刘秉忠学贯儒、道、佛三教，特别通晓音律、精算数等，请他为修大都总管最为合适。"

群臣一致推荐刘秉忠为修大都燕京总管。

"让刘秉忠当修建新大都燕京的总管，我同意。你还要有个好助手。"忽必烈看着站在前排的刘秉忠说。

"我提议由懂建筑的也黑迭尔为总设计师。"刘秉忠提议。

"好，我同意，就由也黑迭尔为总设计师。"忽必烈说。

两个月以后，还是在皇帝的奏闻大厅的地面上，放着刘秉忠、也黑迭尔设计的大都建筑平面图。

忽必烈、南苾皇后、真金太子及大臣们围在平面地图周围，议论纷纷。

忽必烈对大家说："现在由刘秉忠和也黑迭尔二位给咱们大家讲解一下设

计图。"

刘秉忠只用两个月时间就把设计图拿出来了，他用木棍指着平面图说："元大都的总的设计原则，基本上遵循的是《周礼·考工记》的规定和《周易》中的阴阳八卦的原则。"

"京城一共多少条大街？"南苾很关心大街。

"元大都城内，东西南北各有九条大街。"刘秉忠答。

"这么多条大街，一共三十六条大街，这城市太宽阔了。"听的人都很惊喜大街之多。

刘秉忠说："是一共三十六条大街，其中大街宽24步，小街宽12步，胡同6步，这符合'国中九经九纬，经图九轨'的说法，下边由总设计师也黑迭尔大人介绍。"

也黑迭尔留着长胡子，他指着图说："京城和皇宫另一个设计原则是：中轴布局左右对称。你们看，这些都是对称的。这体现了'王者居中，皇权至上，唯我独尊'的思想。"说到这里时，南苾和大臣们都瞅瞅忽必烈皇上的脸。忽必烈却在想：这是刘秉忠体现出来的儒家忠君思想。

大家耳边继续传来也黑迭尔的声音："整个燕京城的建筑在布局都是围绕皇宫这个中心展开的，其中有一条贯穿南北的中轴线。皇宫居城中心，体现是万众所归，人心向着皇帝。"

"这个构思真是太妙了。"大家议论热烈。

刘秉忠接着说："元大都燕京有三层城郭，分外城郭、皇城和皇宫。全城共有城门11座。南曰丽正门（今天安门南）、顺承门（今西单）、文明门（今东单）；北曰安真门（今定门外小街）、健德门（今德胜门）；东曰崇仁门（今直门）、齐化门（今朝阳门）、光熙门（今和平里东）；西曰和义门（今西直门）、肃清门（今北师大西）、平则门（今阜城门外）。宫城西边有太液池、万寿山，景色秀丽，自然天成。"

忽必烈高兴地问大家："众卿听完之后，觉得这个设计如何？"

"好，太好了。"众大臣齐声赞许地说，并拍手叫好。

李冶称赞说："按这个规划图建成的大都燕京一定是建筑文化传统内涵很深的城市。"

民工们在挖地基，热火朝天，挑土篮飞跑。

有的民工在脚手架上劳动。

刘秉忠和也黑迭尔在看图纸指导工匠。

忽必烈和大臣们视察工地，和工人们在说话、议论。

几年后，一座建筑风格恢弘壮美的新城拔地而起，为当时世界少有的新城，吸引了世界各国的来宾参观、旅游、经商。

大都燕京虽然修的豪华壮丽，但在工程用材料上，忽必烈与刘秉忠却主张要节约为上，不浪费财富和民力。修大都对宣扬国威、促进民族团结都是必要的，是一笔该花的钱。但是，忽必烈也考虑到百姓的承受能力和尽量不影响百姓生计。一般都是在农闲时开工，农忙时停工，所以，修建大都没有引起百姓的反对。忽必烈从修大都一开始就警惕自己不要为了贪图享受修大都，而是为象征国家的伟大而修大都。为了让子孙不忘勤俭节约，他在大都修成后，从漠北旧居移来一些青草，栽种在王宫丹墀之前，起名为"思俭草"，目的是让自己不要贪图享受而忘太祖创业的艰难。

第二十二回　平乃颜御驾亲征

　　1287年农历五月，上都开平大安宫。忽必烈正在御榻上预览奏文，有一奏文是辽阳辽东道宣慰使塔出上奏的，他的奏文密报，乃颜有谋反的可能，朝廷要做好必要准备。

　　乃颜是成吉思汗幼弟帖木格斡赤斤的玄孙。成吉思汗建国后，将蒙古东部地区，现在东北、内蒙古部分地区分给他的四个兄弟——二弟哈撒尔、三弟哈赤温、幼弟帖木格斡赤斤和庶弟别勒古台。帖木格斡赤斤比成吉思汗小六岁，他是幼子，按蒙古人的习惯应留在父亲母亲身边，并在父母去世后继承父母的全部家产。帖木格斡赤斤和母亲诃额仑一起分得一万户领民，受封地在哈拉哈河流域广大地区。他还节制辽东、高丽大事。他所占土地为东道王土的十分之九。窝阔台去世后，帖木格大军西进，企图夺取汗位，皇后闻知，派人指问他，他才退回原地。贵由继位后处理了他叛乱之事。乃颜是帖木格斡赤斤五世，他一直雄距东北，早有反叛之心。乃颜年轻气盛，长期不肯向忽必烈称臣，企图自立为蒙古大汗。随着忽必烈建立一体多元的多民族国家，去蒙古独统化倾向和强化中央集权措施的全面推行，东道诸王与忽必烈离心离德。特别是在叛乱之前，乃颜认为反抗朝廷的机会已经成熟，就召集东道诸王密谋造反。为了分散朝廷的军事力量，特派遣人去西部与海都结成联盟，形成夹军之势。海都举兵10万以响应。

忽必烈得知乃颜、海都密谋造反的消息之后，宣刚从西北前线回来的枢密院同知、元军军事统帅伯颜进殿。伯颜进殿后，伏地拜见了皇帝之后说："启奏陛下，召伯颜何事？"

忽必烈扶起伯颜，让他坐在自己身边说："有密报，奏东北的乃颜有谋反之举动，朕命你去那里刺探虚实如何？"

"臣领旨。"伯颜二话没说，领旨而去。忽必烈重大军事任务都是由伯颜来承担。

伯颜将军带着几个护卫人员骑马很快进入乃颜领地境内，沿途让随从人员赠给驿站人员一些钱两。抵达乃颜大营后，以慰问之名去见乃颜，乃颜设宴款待。席间，伯颜阐明大义，乃颜佯作应承，暗中却想逮捕伯颜，伯颜早有察觉。伯颜席间装醉，趁他们放松警惕，半夜与随从人员迅速离去。途中驿站人员由于得到好处，争先提供健壮驿马。伯颜顺利摆脱追骑，逃离其境，驰返京师，向忽必烈报告了真实情况。

乃颜宣布脱离朝廷独立为王后，仅用二十多天，忽必烈就动员组织了40万大军，其中骑兵30万，步兵10万人，并不顾73岁年老力衰和脚疾，决定亲自挂帅征服乃颜，兴师问罪。

忽必烈发誓："我若不处死这个不忠的叛徒，我就不当这个皇帝。"

中书右丞相博罗欢愿带兵出征，不让皇帝亲自出征，但忽必烈不允，他非要亲自出征。他认为这次出征，关系元朝生死存亡，因为乃颜和海都结成联盟，势力非常强大，如果自己不出征难以击溃乃颜大军，是一场输不起的战争。另外，乃颜军队有天然的牧场，那里水草丰富充足，如果他们长驱直

第二十二回 平乃颜御驾亲征

入上都,就会很快攻打大都,元朝存亡就不好说了,所以形势非常严峻。忽必烈虽然年纪很大,但他建立多民族国家的决心是不可摧的,他想在国家危亡的时刻再显英雄本色。

忽必烈首先派伯颜去防守和林,防备海都和乃颜汇合,他还命伯颜封锁了所有乃颜和海都的通道,使他们之间彼此失去联系,达不到互相配合的作用。他让右丞相博罗统兵随驾出征。大军分两路,一路蒙古兵由成吉思汗"四杰"将军博尔术之孙玉昔帖木尔率领,另一路汉军由李庭统帅,真金太子第三子铁木尔所率铁骑随蒙军行动。

忽必烈的目的就是用最快速度组成兵团,用迅雷不及掩耳的进攻向敌人进攻,使敌人猝不及防,这是成吉思汗的"奇兵突击战术"。

大军从应昌开拔,车辚辚,马萧萧,从长江下游的入海口,元朝帝国的兵船运载大批军用物资一直到达辽河口。运粮船经渤海入锦州小凌河抵达广宇十寨,保证了军队的粮食供应。

乃颜听说忽必烈皇帝披挂亲征就改为防守态势,命令大军迅速撤到撒儿都鲁一带,准备在那里与元军展开决战。

为了做到兵贵神速,忽必烈亲自领前锋军急行军,跋山涉水到了撒儿都鲁,那里是一片平原,有一座小山。元军先头部队扎营在一个小山头上。

天降大雨,雨过天晴,草原上一片新绿。乃颜的大将塔不台率兵6万驻扎在草原前面。两军在这片草原两边对峙。这种局面双方却没料到。

元军有的将领说:"我军远道而来,士兵已是疲惫不堪。且敌众我寡,应当暂时撤离,等大军到来再在与叛军作战。"

中书右丞相,前锋统帅博罗欢坚决不同意,他说:"我们已经进入敌人领地,两军对峙不战而退,首先就在气势上输给了敌人,这样开头就影响了士气,此计不可用。"

司农卿铁哥说:"我们采用成吉思汗'惑敌扰敌战术'。当敌众我寡,敌强我弱时,可采用计谋迷惑敌人或干扰敌人,以此获胜。"

铁哥的战法得到大多数人支持。元军就将布匹做成很多旗帜,绑在树上或插在上坡上,而士兵在山坡上来来往往拿着旗帜跑,使尘土飞扬冲天,由于距敌人较远，尘土大看不清，如无数人铺天盖地而来，叛军以为元军比他们多很多倍，特别强大，非常害怕。

第二天，在两军阵前，忽必烈坐在胡床之上，听任铁哥敬酒。将士们也指指点点面露必胜轻松之态。叛军将领塔不台看了，吓破了胆，不知元军有多么强大，怕元军轻易打败他们，赶紧撤离。

第三天早晨，元军大军主力开赴战场，忽必烈排兵布阵，用兵神速，趁黎明天色向叛军发起总攻。乃颜大军还没有起床，元军从天而降。乃颜同妻子正在做梦，被喊杀声惊醒，急忙奔出营帐抵抗，但士气很低。

忽必烈在小山上督战，他坐在由四只大象承载的木楼之上指挥大军进军进攻。这象是由缅甸国敬献的。四只象都盖有板厚的牛皮，牛皮上面又盖着丝和铜铁编织的布。木楼上高竖天子旌旗，周围有众多卫士环卫。几位谋士也持剑侍立在忽必烈左右，一齐观察战场变化。

两军布成战阵，双方战士击战鼓，吹喇叭，唱战歌。骑兵在鼓声中冲锋向前，步兵紧跟其后。骑兵后撤，步兵执矛向前。步兵布铁索阵绊敌人的马腿，以盾牌挡敌人的箭矢，阻止敌人的进攻。元军还用钩镰枪刺杀敌人，用弓箭掩护骑兵发起进攻。

当元军与叛军短兵相接时，互相不愿厮杀，因为他们非亲即友，冲到跟前，听不到刀枪和杀声，双方都不肯对杀。

正在忽必烈着急之时，尚书省右丞叶李献计，建议调汉军在前，蒙军在后，待双方蒙军松懈时，汉军突然杀过去。元朝蒙军听鼓响，闪出一条路，汉军猛冲上去，用刀砍、用箭射，叛军猝不及防，人马被汉军用刀箭伤害无数，败下阵去，骑兵再追杀，敌军撤后十里之多。当骑兵冲锋时，汉军就跳到靠近他身边的蒙军骑兵的马背上，坐在骑兵后面，两人共同前进，共同杀敌。当马停下来时，坐在骑兵后面的步兵就跳下马，用长矛去戮杀敌人的马。元军杀得叛军人仰马翻，败退下去。

为了不给敌人喘息的机会，忽必烈连续发动进攻。由于敌人骑兵机动性强，一时难于彻底取胜。正在这时，皇孙铁木尔一身杀气，要求参战。铁木尔带领的是皇帝的侍卫军和从吉尔吉斯调来的骑兵。

忽必烈说："铁木尔，你就替爷爷打一场仗吧！"铁木尔命令汉军闪出一个空当,他率5000铁骑从空中杀出,这队伍如下山猛虎杀向敌人。杀得乃颜溃不成军,大败而逃。乃颜退兵四十里以外扎营。子夜时分,李庭率领敢死队持火炮杀入敌阵前,向敌军开了几炮,敌人如惊弓之鸟,在混乱中互相残杀。

玉昔帖木尔及李庭分别率蒙军和汉军追杀叛军,敌人的头上箭如雨下。奋战从早到午后,尸横遍野。此时,高丽将领又率3000高丽兵以布为旗帜,断马尾为旌饰,掩映林木,张设疑兵,叛军以为援兵又到,溃败而去。

乃颜逃向深山,玉昔帖木尔和李庭合兵并进追击,又与乃颜展开了一场战斗,乃颜在失烈门林被元军擒获。

忽必烈听到乃颜被擒消息,命令立刻处死他。其方式仍然是遵循蒙古人处死皇族人的传统,即叫士兵将乃颜裹在两张毡子中,然后由骑士把他拖在地上骑马飞奔,直到他断气为止。这种特别的刑罚是为了不让皇族人的血暴露在阳光下和空气中。

乃颜的军队全部投降,他们发誓效忠忽必烈。

忽必烈在获得这场重要战役的胜利后,威风凛凛地回到了上都。

第二十三回　忽必烈与郭守敬

忽必烈即位以后，曾问过太保刘秉忠："怎样才能做个好君主？"

刘秉忠答："真正的君主应以天下为家，以百姓作为自己的赤子，就像孟子说的那样：民为上，社稷次之，君为下。"

忽必烈听后很赞成这种说法，他点点头说："就像有人说的那样，百姓是水，水能载舟，亦能覆舟。"

忽必烈又问中书右丞张德辉："百姓终年辛苦劳作，为什么还衣不蔽体、食不果腹呢？"

张德辉直言不讳道："这是缺少仁德之君的结果。圣上欲做天下之君，就应该重视天下之本。农桑为天下之本也，衣食所以出者也。男耕女织，轻徭薄税，天下太平也。横征暴敛，兵连祸结，天下大乱也。"

忽必烈又问："如何能让农业丰收？"

张德辉答："修好水利，农业才能丰收。"

忽必烈问："搞好水利有能人吗？"

"此能人就在眼前，此人就是郭守敬。"张德辉答。

忽必烈又问："怎么才能证明他有搞好水利的才能？"

"郭守敬是邢州人，他祖父郭荣学识渊博，不但通晓经书，对数学、天文、水利等也有研究。郭守敬少年时，在他祖父影响下，对科学产生了浓厚的兴趣。那个时候，刘秉忠刘太保在邢州西南紫金山讲学，郭荣把他孙子送到刘秉忠那里学习。郭守敬在那里认识很多爱好科学的朋友，学问就进步的更快。"张德辉说。

"我们当年整治邢州时，去过紫金山学院，我好像见过这个年轻人。"忽必烈说。

"他长大后初露头角是在修邢州石桥时，邢州城北潦水、达活泉、野狐泉三河河堤年久失修，一座石桥也被泥水所淤没，无迹可寻。邢州安抚使张耕、刘肃决定疏浚河道和修复桥梁。郭守敬参加了这次水利工程，负责规划设计等技术工作。先是分划沟渠，将三河勒回到各渠道，又修复填补坎堰决口，接着挖掘出淤没三十年的石桥，稍加修理继续使用。整个工程仅用四十天完工，才动员了四百多的工匠，收到了河水通畅、交通便利的好效果。著名文人元好问特撰文《邢州新石桥记》，以记其事实，大赞郭守敬。"

忽必烈着急的说："这样的能人，还不让我相见？传郭守敬上殿。"

郭守敬被传上殿，拜见了皇上。

忽必烈见郭守敬已经长成一个文质彬彬的青年人了。

"郭守敬，关于兴修水利，朕问你有什么想法？"忽必烈问。

郭守敬面陈关于兴修水利的六项建议，主张疏浚大都和黄河以北的几条河流，筑坎建闸，通航灌溉。由于郭守敬掌握大量的资料，所提建议很有说服力，忽必烈每听一条，都大加赞赏。他感慨地说："让这样的人办事，才不会是摆架子吃闲饭的呢。"

忽必烈宣布：任命郭守敬担任提举各路河渠的职务，由郭守敬经办全国河道水利之事。

第二十三回　忽必烈与郭守敬

郭守敬领旨而去。

有一年，黄河流域普降大雨，黄河河水泛滥，河水没过庄稼，冲毁无数庄稼和城镇，三十几万人被河水淹死，一百多万百姓流离失所。消息传来，忽必烈震惊。忽必烈立即上朝，命右丞相和礼霍孙率百官立刻奔赴灾区指导救灾，安抚民众。

郭守敬接到圣旨后，立刻带领水利专家奔赴灾区。这时，太子真金也代父皇到灾区考察慰问。

太子真金与河渠副使郭守敬在灾区相遇。郭守敬向真金太子汇报了水利工程的受损情况。

太子真金问："你是说，这次水灾是天灾，也有人祸？"

郭守敬回答："连续降雨抬高河水水位，这是天灾。但河堤长久失修，或修而不固，此为人祸。"

太子真金说："我们朝廷每年都下拨河堤款项，地方每年也有这方面投入，这还不能保证大堤的安全吗？"

"这些钱显然是没有用到治河上，或没有完全用到水利工程上。"郭守敬说。

真金太子火了，立即派人严查治水资金流向，很快就挖掘出不少大大小小的贪官污吏，朝廷对罪大的给予抄家或砍头。

水灾过后，忽必烈命令郭守敬通盘研究一个治水方案。郭守敬拿出一个治水兼顾灌溉农田的方案。忽必烈命他担任都水监，主持修建水利工程。

郭守敬来到宁夏，发动民工疏浚了一批原有渠道水坝，还挖了一些新河道。不到一年时间，这一带九百多万亩农田得到灌溉，河水通畅，粮食丰收，改善了农民的生活。

郭守敬不辞辛劳，沿黄河骑马考察，在宁夏、山西、河南指导当地修了很多蓄水工程，使黄河汛期的水可分流存蓄，减轻了下游压力，旱时又能利用蓄水灌溉农田。

郭守敬对忽必烈说："治水需要常态化，每年秋冬季节都要投入资金和人力，这样才能保证来年汛期的安稳。"

当时，全国兴起了水利工程建设的高潮，西起甘、秦、陕，东至豫、冀、鲁大地，都兴建了不少水利工程。南方太湖地区水利灌溉工程的修建，大大增强了该地区抗御洪水的能力。四川都江堰也经过了加固和疏浚，确保了通航和灌溉。全国修水利二百六十多处。

1291年，郭守敬向忽必烈提出了开凿大都到通州间运河的方案。运河沿途每十里设一个水闸，用以过船止水。

忽必烈对郭守敬这个开运河的计划非常满意，特别高兴，他传旨"当速行之"。开工之时，忽必烈命令丞相以下官员统统亲操锹镐参加劳动，并一律听郭守敬指挥。整个工程历时一年半，共调集兵民二万余人，完成时，忽必烈特赐名"通惠河"。通惠河修完后，结束了自通州到大都燕京的陆路官粮运输，南来的运粮船及其商用船舶一直可以驶进大都城内的积水潭。同时，增大了积水潭储水量，优化了大都水的供应。

忽必烈看到积水潭一带舳舻蔽天、桅樯如林，龙颜大喜，一次就奖给郭守敬宝钞达12500贯。

忽必烈听说郭守敬带病工作时，他批评了郭守敬的上司："不能鼓励他带病工作，有病要及时看，及时休息，人是家庭的顶梁柱，也是国家的宝贵财富，应当珍惜才对。只有这样，养好病才能为国家做更大的贡献。"

郭守敬病好之后，向忽必烈提出在太史院建造一座新的司天台，同时在全国范围内进行大规模的天文测量，在全国各地设立了27个浏览点，最北的点是铁勒点。郭守敬根据各地报上来的数据，编制了一部新的历法，叫《授时法》。这部历法精确的很。它算出一年有365.2425天，同地球绕太阳一周的时间，只差26秒。郭守敬的《授时法》比欧洲人确立的公历时间要早302年。郭守敬名重星汉。

第二十四回　忽必烈与赵孟頫

忽必烈求才若渴，广求天下文学之士。元朝灭南宋之后，他派程钜夫到江南调查走访江南有才学的人士。回来之后，程钜夫开列了二十多人的推荐名单，赵孟頫名列第一。

赵孟頫初名赵孟俯，号松雪道人，其居处叫松雪斋。湖州（今浙江吴兴）人，为宋太祖赵匡胤十一世孙。元灭南宋那年，22岁的赵孟頫就失去了官职，回家闲居。他知道自己在政治上不会有什么大的前途，就发奋读书，研究书画，结果成就很高，名声也很大。

赵孟頫5岁读书时就开始练习书法，一天少则几千字，多的时候一天要写上万字。早年，他临摹《千字文》和王羲之的《兰亭序》，光《千字文》他临摹了不知多少遍，真正达到了娴熟的地步。有一叫田良卿的书法家，从市场上买到一卷《千字文》，凭他渊博的书法知识，开始以为是唐人的书法，看到最后才知道是赵孟頫写的。他拿了这卷《千字文》请赵孟頫题字。赵孟頫如实地写上："这是我几年前写的，当时学唐朝书法家褚遂良的《孟法师碑》，因此写成这样格式。没想到我随便练习的字，让别人拿去卖钱了。"

程钜夫领赵孟頫来到大都，忽必烈皇帝单独接见了他。忽必烈见赵孟頫仪表不凡，很有才能，特别赏识他的字。忽必烈称赞赵孟頫学识广博、冠绝时流、旁通佛志之事，善于鉴定古董文物，在绘画上很有造诣，在书法上风格独特，开一代风气。

忽必烈说："听说你的妻子管道升也能诗善书，她写的字和你写的字放到一起分不出伯仲。据说，你儿子赵雍的字也写的很好。你们简直是神仙中人。"

忽必烈对赵孟頫说："朕命你夫妇及儿子各书《千字文》送内宫珍藏，今后让世人知道我朝有善书之人，而且一家人都是书法家，这也算是一大奇事。"

赵孟頫说："陛下放心，微臣一定把《千字文》写好送到内宫。"

忽必烈说："你写的字是国家的宝贝，你们全家也是国家的宝贝，都值得尊重。"

由于忽必烈赏识赵孟頫，便把他留在宫里办事。

有一次在宫里，忽必烈让赵孟頫起草一份诏书。赵孟頫当场挥笔而就，其文笔清新庄重，书法俊丽飘逸。忽必烈看了赞不绝口。忽必烈问："你是赵太祖十一世孙，赵太祖的行事风格怎么样？"

赵孟頫稍迟疑，忽必烈就微笑着说："赵太祖是位很有魄力的皇帝，他的很多做法是值得朕效仿的。"

赵孟頫说："皇帝真是海纳百川之人。"

忽必烈很欣赏赵孟頫的字，他的书法代表作，字体秀美，神采飞扬，与静穆中见潇洒，规整中见变化，给人以赏心悦目的艺术享受。

赵孟頫从小爱画马，就是拾到一张废纸，也要画一幅马才把它扔掉。他

第二十四回　忽必烈与赵孟頫

画的马就像活马一样，千姿百态，栩栩如生。他也爱画竹梅山川，他画的墨竹使人有清高的感觉；画石用笔轻拂，像飞云的形状；画梅具有新的意味；画水仙尤其清雅。

一天，忽必烈对赵孟頫说："关汉卿有一首元曲《大德歌》，此曲写秋季思妇的情怀。朕有时思念察苾皇后也有些情怀。朕请爱卿抄一幅《大德歌》字画给朕可否，朕欲把此画挂在房中。"于是，赵孟頫当厅奉旨写下了《大德歌》。字画写好后，忽必烈非常满意，视如珍宝。

赵孟頫不但有才，人品也很好。

当时有一个叫王虎臣的人，他弹劾平江路总管赵全违法乱纪。忽必烈就命王虎臣去调查，尚书右丞叶李上奏认为不该派王虎臣去，忽必烈不听。这时，赵孟頫向忽必烈进谏说："赵全固然应该调查，但王虎臣从前在这个地方任职，多次抢占百姓土地，纵容自己的幕僚违法乱纪，赵全曾和他多次发生争执，王虎臣恨赵全。如果让王虎臣去调查赵全，就必然会置赵全于死地。即使调查是准确的，大家也会对这一结果产生怀疑。"忽必烈听了赵孟頫的话就醒悟了，就派他人去了。

赵孟頫深得忽必烈信任，他为人正直，直言敢谏。这个时期左丞卢世荣实际掌握了朝中大权。他对人民增加赋税，在百姓身上取财，并且采取了强硬政策，而他自己却贪污敛财。中书省右丞相安童认为卢世荣言过其实，所行不符合所言，必然误国。这时，身为翰林院学士的赵孟頫站出来，上书皇上忽必烈。他说："卢世荣刚上任时以能迅速增进财政收入自诩，那时人们不了解他的才能，认为他或许真能扭转财政方面的颓势，为国家和百姓造福。但从他的所为来看，他不仅没能兑现他的承诺，还制造不少混乱，不仅没能使财政收入好转，还使国家进一步亏损。依微臣来看，现在必须改弦更张，另选贤能了。"

当时，卢世荣的势力、权力都很大，能敢直接上书弹劾他的人真需要很强的正义感和责任心。在众人的呼声中，卢世荣被赶下台，入了狱。

赵孟頫得到了忽必烈的信任,他也支持真金太子和左丞相安童的工作。

真金太子在阿合马和卢世荣死去之后实际上掌握了中书省的大权。这时忽必烈已经七十多岁,年老体弱,很少接见大臣。丞相和大臣有事只好由南苾奏呈。南苾虽然年轻,但其做事风格也仁慈果断,深得忽必烈的信任。可尽管南苾做事没有什么不妥,但大臣们还是有点不习惯由后宫处理大事,就有人希望真金太子早日主持朝政,继承皇位。

江南御史台的监察御史上书,言说皇上年岁已高,应该让位给太子,自己去做太上皇,以免皇后过问朝政惹出麻烦,其实这是好意。

御史台都事尚文瞧见此文,不由出了一身冷汗。他知道即使忽必烈再虚心纳谏,也不会容许有人干涉质疑他的皇权问题,于是将此事报告给了御史大夫玉昔帖木尔。玉昔帖木尔也非常吃惊和为难,他想:如果上奏此事就要出大事,如果压下来,就有欺君之罪。玉昔帖木尔左右为难,把此事报告给了右丞相安童。

"报告丞相,你看此事如何处理吧?"尚文说。

安童知道此事之后,也很为难。他知道忽必烈一生刚强,最怕谁说他哪方面不行,包括身体。于是,安童把此事压下来,先不让忽必烈知道此事。他说:"出事我负责,你们装作不知道吧!"

天长日久,这件事很快就被其他人知道了。知道此事的人中,有一个人是阿合马的余党答即古阿散,他对御史台的人恨之入骨。他认为,这是他报仇的好机会。他认为这样不但可以刺激忽必烈,也可以打击御史台的人,还可以打击真金太子。他认为王著杀阿合马的后台就是真金,所以,他也恨真金太子。于是,答即古阿散对忽必烈说:"海内钱谷,上下都有欺瞒,请检查内外百司吏案牍。"想借钩考朝廷诸司钱谷之名,以揭发南台御史的奏章。忽必烈不知其中故事,立刻批准了答即古阿散的请求,并给他一张诏书。

答即古阿散拿诏书去御史台查案,御史台都事尚文知道他的鬼主意,就制止他:"御史台乃国家重要机密所在,不能由人随便查看。"

答即古阿散说:"我有皇上诏书,你想抗诏吗?"

"诏书上说让钩考钱谷之事,御史台都是案件,你应该去钱谷机关去钩考好了。"尚文说。

"你不让钩考，说明你们心中有鬼！"答即古阿散说。

"鬼就是揭发你的罪案，你的案卷就在此，我们能让你随便查吗？"尚文不让答即古阿散查。

"我有什么罪过，有人揭发我？"

"你和阿合马一起干了些什么坏事，你不知道吗？他死了，可你没死，你的材料我们等待与你对证呢！"

两人正在争吵时，安童来了。

"正好丞相大人来了，你问问丞相该不该让你查？"尚文说。

"参拜丞相，我有诏书要查御史台。"答即古阿散说。

"这件事我知道了，皇上让你钩考钱谷，御史台是经办案件的地方，不经营钱谷，等你考查钱粮卷宗时，再让他们提供给你，你不能随便查他们保密的文件。"安童说。

因怕得罪安童丞相，答即古阿散悻悻而去。

"这件事瞒不住了，答即古阿散早晚要来查，赶快想个办法。"尚文说。

有一天，忽必烈正在和翰林院学士赵孟頫谈老子的《道德经》。赵孟頫把《道德经》书成楷书献给皇帝看，忽必烈非常高兴。忽必烈称赞赵孟頫楷字工整秀丽，笔法强健，矫捷多姿。二人正谈得兴奋之时，右丞相安童和御史大夫玉昔帖木尔来拜见皇上。

右丞相安童和御史大夫玉昔帖木尔行过君臣之礼之后，说有要事向皇上禀告，只是见有赵孟頫在场不便直说。赵孟頫见此情况，马上告退。忽必烈却说："有什么大事，赵翰林在此无妨。"

安童对忽必烈说："近日御史台有一南台御史上了一道本，上言陛下年事已高，不如将皇位传于太子，陛下可以享清福了。"

忽必烈听到此奏呈很吃惊，马上问："这是御史台多数人的想法吗？"

玉昔帖木尔说："不是不是，这只是这个御史个人的想法，我们不敢不报。不报吧，怕有欺君之罪。报了吧，又怕产生误会，皇上身体这么好，正是大展宏图之时，怎么能提到退位这件事。只是这位御史不懂事。"

安童说："尽管皇上一贯从善如流，善听不同意见，采纳别人进谏，但是这御史太不懂事，还是要处理他。玉昔帖木尔已经把他骂了一顿，说他办事糊涂，不可担当大任。"

忽必烈突然问在一旁的赵孟頫："赵汉卿，你是个有学问的人，你怎么看这个问题？"

赵孟頫为难地说："抛开这件事，就一般来说，历史上人格高尚的人，都是贵人心宽，不刚愎自用，豁达大度，从善如流，听不同的意见，采纳别人的进谏。这是历史上伟大君主不可缺少的美德，也是他们事业上成功的必备条件。但是，作为手握大权的人很难做到这一点。皇上您能做到这一点，皇上能取得今天这样伟大辉煌的成就，和您能从善如流和豁达大度是分不开的。"

"就这件事，您觉得应该怎么办？"忽必烈追问。

"微臣认为，君子应大度，这件事是小事。另外，这位御史的意思不是不想让陛下当皇帝，他是怕您太累，让您当太上皇，只管大事，一般事让太子处理，他对陛下也是一番好意。另外，他也知道陛下从善如流、心胸大度才敢上奏书的，只是他考虑问题不周。"

"那这件事情就由丞相处理吧！"忽必烈果断下旨。

"还有另一件事向陛下禀告。"玉昔帖木尔说。

"有些事应该交给太子去办了，不能什么事都让我处理。你说吧，还有什么事？"忽必烈问。

"御史台近日收到很多奏章，弹劾答即古阿散贪赃枉法，借理财中饱私囊。"玉昔帖木尔非常小心地向忽必烈说，因为忽必烈最怕别人说理财人的坏话，因为理财政策要伤害一些人的利益，理财官员容易得罪人。因此，忽必烈对弹劾理财官的事情处理的特别慎重。

"理财的官难找，因为国家需要他们。但是，贪污受贿、奢侈败国者也要处理，绝不姑息养奸，不然，国家就亡在这些人手里。但一定要当面对质，核实好犯罪的事实。这件事也由丞相处理吧。"忽必烈说。

安童、玉昔帖木尔出来后，忽必烈继续同赵孟頫讨论培养文化人的事情。安童和玉昔帖木尔出来后，就把答即古阿散传过来，安童对他说："御史台有弹劾你的奏本和你与阿合马案有关系，你有挑拨皇上和太子关系的事，皇上下旨叫我们处理你。你知罪吗？"

一听说和阿合马有关系，答即古阿散马上跪下了，他知道他和阿合马一起干过一些贪污的事，他顾不得为自己争辩，只求安童放他一马，对安童说："只要丞相放过我，我愿一辈子在丞相手下为您服务，把一切都献给皇上。"

"你早知如此，何必犯罪，去御史台对质去吧！"安童说。

御史台早已给答即古阿散准备好了犯罪的材料，他没想到想害人先害己。不久，他便被处死。赵孟頫听说了此事，对安童丞相说："答即古阿散，想害别人，结果是害了自己，此乃天意。"

太子真金正和郭守敬视察黄河大堤决口之事，听说了"逼父退位"事件，急忙返回大都。此事让他好苦闷，他虽然无逼父退位之心，但别人及父亲一定会怀疑自己与此事有关，他是有苦难言。但事到如今，也只好主动找父亲说明此事。于是，他见了忽必烈。他们父子先谈治水之事，之后，真金说："我听说有一位御史提到让儿接位之事，这事我从来没想过。因为父亲英名盖世，能够掌握这么伟大的国家，孩儿绝无此能力。另外，父皇精力这么充沛，正是大展宏图之时，我希望父王永远健康长寿，那是全国人民的福分。"

"接班是早晚的事，因为我不能永远活在世上。你准备好了，我随时传位给你。逼父让位这件事，与你无关，你不必放在心上，该办什么事就办什么事去吧！"忽必烈说。

真金从此总是忘不了这件事，于是，他身体一天不如一天，不久就离开人世，终年43岁。此事震动朝野，当时百姓排在路两边为他送行，称真金是位好丞相。

忽必烈得知真金去世的消息以后，先是怔怔地坐了一天，接着是见人就落泪。他见了祖父的大将博尔术的孙子大臣不忽木说："真金不该死，是我活得太久了，或者我早该把皇位传让给他，让他大干一场，现在我后悔也晚了。"

真金去世后，耶律铸撰写纪念文章纪念真金，赞扬他善良、正直、好学的一生。赵孟頫也题字纪念真金太子。赵孟頫天天被忽必烈召见，一直和他谈了好多天。

忽必烈授予赵孟頫翰林学士承旨，后封赵孟頫为魏国公。

第二十五回　忽必烈与关汉卿

　　自从真金太子去世后，太子妃阔阔真感到孤单，不思茶饭，长吁短叹，心情沮丧的像丢了魂似的，整天以泪洗面。因为怕阔阔真伤心过度影响身体健康，南苾常找来宝日玛、蒙儿和她闲话家常。这时蒙儿已被伯颜纳了妾，据说这是宝日玛的想法，宝日玛希望伯颜身边有个汉族血统的孩子。几个女人没事就到戏院去看戏，以后这几个人就成了戏迷。

　　有一天，忽必烈打听儿媳阔阔真的情况，南苾把大家看戏的情况向忽必烈说了。

　　"你也去看戏吗？"忽必烈问。

　　"我有时也打扮成男人同他们一起去看戏。"南苾说。

　　"都有哪些戏那么好看？"忽必烈也很感兴趣。

"有关汉卿的《窦娥冤》、《赵盼儿风雪救风尘》、马致远的《破幽梦孤雁汉宫秋》、王实甫的《西厢记》、纪君祥的《赵氏孤儿大报仇》等好多折戏呢。"南芝说。

"过去刘秉忠刘太保好和我谈元曲,常谈到关汉卿、白朴、马致远这些人的名字,我还不知道这些人会杂剧呢。"忽必烈说。

南芝说:"我们不但知道写杂剧的人,还认识演杂剧的人。会演剧的女名人有朱帘秀、翠河秀、喜春景、王金带、赛帘秀、燕山秀、朱洁秀、天赐秀、工树秀、高明秀等名人。"

"这些人在社会上随便演出吗?有人看吗?"忽必烈问。

"这些人是有组织的,他们的组织叫书会,各地都有书会,书会之间还有比赛,互相争观众,他们都是有修养的文人或艺人。参加书会的男人叫先生,女的叫才人。这些人大部分是大都人,多数在大都,少数在临安。现在天下太平,老百姓日子好过些,所以看戏的人很多。"

"我要给这些人开一个会,把安童丞相和伯颜都找来,让他们给这些人开个会,把他们组织起来,我要认识一下这些人。"忽必烈说。

安童丞相和伯颜左丞相不知忽必烈下诏何事,来到忽必烈面前听旨。安童和伯颜行君臣之礼后落座。忽必烈对他二人说:"请你二人来不为别事,听说从事杂剧的人现在很多,成立很多书会。"

"我要组织这些人开个会,见见他们。我们要让老百姓生活得好,只让他们吃饱穿暖还不行,要让他们活的快乐,有听的,有看的。这杂剧的发展,也说明我大元城市商业的发展为杂剧的发展和兴盛准备了条件。应该让老百姓把生活反映到戏台上,把戏曲艺术繁荣起来。"忽必烈说。

安童说:"一个国家要武治,更要文治,皇帝陛下有此举措,老百姓会高兴的。"

"伯颜净为我打仗了,你平时也写写诗曲,这回你也参加一次文化活动,跟文人会会面。你听过关汉卿这个人吗?这些杂剧会就是以他为首的人组织起来的。"忽必烈说。

"听说关汉卿还是一位很优秀的医官呢。"安童的消息更灵通。

第二十五回 忽必烈与关汉卿

"好啊，我们将来也可以让他兼任御医。"忽必烈交待。

几天后，安童叫工匠在皇宫花园里修了一座戏台，戏台前修了几排座。组织艺人来皇家戏台演出。

开戏前，先由安童给大家开了一个会，会上成立了大都书会。大都燕京的戏曲界名流济济一堂。关汉卿把戏曲界名流一一介绍给坐在正座的皇上。王实甫、白朴、马致远、李潜夫、纪君祥、郑光祖等著名剧作家先生都到了场；才人珠帘秀、天赐秀、翠河秀、赛帘秀、燕山秀、王树秀、高明秀、喜春景、王金带等都出席了书会成立大会。

忽必烈礼贤下士，平易近人，他让先生和才人都坐在他身边。来的人都是有文化修养的人，在忽必烈讲话时，大家都洗耳恭听。

关汉卿长的白而温和儒雅，雍容大方，才气横溢而英俊潇洒，他高视阔步走到忽必烈面前，行君臣之礼后说："皇帝陛下，我代表戏曲同仁感激陛下召开书会成立大会，陛下是我们最敬佩的人。"

"你就是关汉卿，果然不凡，我读过你的《大德歌·春》，我记得其中的几句是'子规啼，不如归，道是春归人未归。'写得好，我有同感。只是我不知'子规'是什么鸟？"

"子规是杜鹃。"关汉卿忙说。

忽必烈兴奋地说："是啊，杜鹃报春归。你们写了这么多好的剧本，振奋人心，这也是戏曲界的春天。希望我们要好好庆祝一下，祝你们高飞远翔，希望全国都演你们的戏。关汉卿，你的《沉醉东风》里有一句话'望前程万里'，咱们就祝贺你们的事业前程万里。"

"皇帝陛下万岁！"众艺人欢呼。

"我今年已经七十多岁，我能活多大岁数就不好说了。但你们写的、演的杂剧，像《感天动地窦娥冤》、《西厢记》、《赵氏孤儿大报仇》等戏曲要能够传承，祝它们万岁！"忽必烈越说越兴奋。

"做个好皇帝可以在历史上留名，一部好的戏曲也可以流芳百世，万古留名。希望你们创作出流芳万世的作品。你们的名字也会流芳千古。"忽必烈说。

"皇帝是圣主，统一了中国，陛下定能千古流芳。"马致远说。

"我是不是圣主，那就由后人评说了。不过我是希望为中华民族多做一些好事，那就是统一中国，扩大疆土，安抚四邻。一个皇帝为百姓带来幸福是应当留名千古的。但如果没给百姓带来幸福，或者做了坏事，挨骂也是免不了的，这叫正视历史，对个人来说叫历史担当。"忽必烈同文人们越说越兴奋。

关汉卿说："中国统一了，中国有了一个和平的环境，人民吃饱了肚子，才能有闲情逸致去唱戏、去听戏。今天我们戏曲这么发展，说明我们国家国泰民安。"

听了忽必烈的话，大家都欢欣鼓舞，好像有好多话要说。

"关先生，怪不得你写出那么多好戏曲，你看问题的角度真不一般，有远见，我喜欢。朕命你为'玉京书会'的会长。你多才多艺，能吟诗写戏、演戏，也会歌舞弹唱，是不可多得的杰出人才。"忽必烈说。

"谢陛下关照和栽培。"关汉卿施大礼。

"你们有什么要求和需要照顾的地方，可以提给安童丞相，他会帮助你们的。这个戏台子留给你们上宫里演出，我的后宫的人都喜欢看你们的演出。"忽必烈说。这时南苾皇后走过来，她把才人朱帘秀介绍给忽必烈："皇上，这位才人是朱帘秀，她是才人的头，朱帘秀是众秀之首，戏演的非常好。"

"现在就开宴，请大家进入宴会大厅。"忽必烈带领众人进入宴会大厅。他命朱帘秀坐在皇后身边，关汉卿坐在他自己身边。

戏台下桌子上摆着点心和酒、肉等。戏没开演前，忽必烈领大家喝酒吃饭说话。大家边吃边谈。朱帘秀代表大家给皇帝敬酒，祝皇帝"万岁！"

忽必烈说："说我万岁我高兴，但我实际恐怕一百岁都活不到，不过我希望我身体健康。我不能多喝酒，希望你们尽情地喝。"

忽必烈忽然问起关汉卿："关汉卿，你不是出身医学世家吗？我问你，怎样可以让身体健康呢？"

关汉卿说："据微臣所知，身体健康不能靠妙药，靠的是养生。我总结养生三句话：一是心要静，心静则万痛息，先养心，再养生，养心才是养生的根本。从医学角度说，身与心必须协调，一旦出现身心不协调，就要有病。养心的过程，就是身心达到协调的过程。养心修身主要是清除烦恼，与人为善，常让善住心间。二是身要动。动可强健脏腑，活血化瘀，动能心念集中、气息和顺。动中取静，静中有动。三是身要轻，碗要浅。身轻就要少食，吃七分饱，少吃油盐，多食青菜鲜果。吃饱了要动，饱食不化久成疾病。以上三方面要配合起来，身体才能健康长寿。"

"关汉卿说得好，我任命你为太医院尹。"忽必烈很正式地任命。

"谢谢皇上，皇上万寿！"关汉卿谢恩，大家鼓掌助兴。

"大家喝酒，吃完饭我们好看戏。"安童丞相说。

吃完饭大家落座看戏，由朱帘秀主演《感天动地窦娥冤》，朱帘秀扮演命苦的窦娥。

戏台上演的是：苦命的窦娥3岁丧母，7岁时由于生活拮据，窦娥的父亲窦天章，一则为了上京赶考，二则因借了蔡婆婆的高利贷无法偿还，只好将窦娥送给蔡婆婆家做童养媳，自己上京应试，准备将来赎孩子回家。15岁时，窦娥结婚成亲，孰料不到两年，丈夫撒手人寰。寡居的娘俩靠利息相依为命。蔡婆婆在一次催讨债务时差点被居心叵测的赛卢医勒死。救下蔡婆婆的是无赖张驴儿父子。凭这一点，张驴儿父子要分别娶她们婆媳为妻。由于窦娥的坚决反对，事情暂时搁下来。张驴儿一计不成，再生一计，他从赛卢医处买来毒药，想毒死蔡婆婆，强占窦娥为妻。可是阴差阳错，张驴儿的父亲因偷吃了张驴儿的带毒食物，反被毒死。于是，张驴儿在窦娥坚决不顺从的情况下，将窦娥以"药死公公"为由告到官衙。审判案件的官员混腐之至，竟将窦娥屈打成招。临刑前，窦娥许下三桩誓愿：飞雪白练，六月飞雪，大旱三年。其后件件应验。窦娥死后3年，拜官参知政事的窦天章，前来当地体察滥官污吏，窦娥的冤魂将真情向父亲诉说，于是真凶受到惩处。

台下看戏的南芷皇后、宝日玛、蒙儿一看到窦娥受刑悲痛之处，都纷纷落泪，她们为窦娥愤愤不平，她们恨张驴儿，也恨昏官。

"窦娥爹爹回来时，窦娥不死就好了，那是个大团圆的结局。"忽必烈对关汉卿说。

关汉卿说："如果让窦娥活着，就降低了窦娥冤的程度，达不到那么深的悲剧效果。"

演出后，大家议论纷纷，都有些忘记回家了。

第二十六回　马可·波罗来中国

　　1292年的一天早晨，宫内侍卫官来报，说意大利人、扬州总管马可·波罗父子3人求见皇上。忽必烈听说马可波罗求见，很高兴，让他们进来。马可·波罗、马可·波罗的父亲尼克拉·波罗、马可·波罗的叔父马菲奥·波罗3人穿着上朝的官服，来到忽必烈面前，行跪拜大礼，皇上让给他们赐座。

　　马可波罗说："伟大的皇帝陛下，微臣马可波罗来中国已经17年了，我的父亲和叔父由于在中国生活的时间比较长，他们很想念故乡水城威尼斯，我们都想念故乡，特向陛下告别，希望陛下恩准我们回国。"

　　"马可波罗，你在中国这些年，你学会了中国的汉语、蒙语；你养过马、做过官，还做过驻外使者，你在东南亚一些国家都活动过，你可以说是中国通了。我真舍不得你走，你父亲和你叔父第一次来中国的样子我还记得很清楚。"忽必烈说。尼克拉·波罗兄弟两次来元朝的情景出现在忽必烈眼前。

元朝初期，中国和欧洲的关系进入了一个新的阶段。欧洲的传教士和商人大批来到中国的大都燕京、上都及和林。在马可·波罗出生不久，他的父亲尼克拉和叔父马菲奥就从威尼斯启程，前往东方经商。他们从君士坦丁堡渡黑海，经过克里米亚半岛上的迷克克之后，辗转来到钦察汗国的都城萨莱城（今俄国阿斯特拉罕附近）留住一年。当他们准备动身时，恰逢钦察汗国别儿哥和伊利汗国旭烈兀发生战争，归途受阻。于是，他们索性东行，来到不花剌城（今乌兹别克斯坦的布哈拉），又在那里住了3年。后来，他们遇到旭烈兀派往元朝的使者，随同他们一起来到元朝。1265年夏天，尼克拉和弟弟马菲奥来到元朝上都开平，忽必烈很高兴地接见了他们，并向他们询问很多西方的事情。忽必烈询问西方皇帝如何管理国家，如何断案，如何进行战争，如何处理日常事务，以及国王、宗王、教会和罗马的一些事情。忽必烈还向他们询问一些西方的风俗人情之类的事情。忽必烈对西方拉丁人的事情表示出了浓厚的兴趣，他又是一个爱学习别人长处的人，所以，他决定派使臣随同尼克拉兄弟去西方学习。忽必烈还写了一封给罗马教皇的信，信中要求教皇派100名熟知基督教律且通晓7种艺术的教士到中国来。他还嘱咐使者把耶路撒冷圣墓的长明灯的灯油取回一些。因为路途艰难，元朝使者患病留在途中，尼克拉兄弟继续西行。1269年，他们到达地中海东岸的阿克拉城。时逢罗马教皇病死，新教皇未立，于是，他们向教会递交了元朝国书。之后，他们兄弟回到了威尼斯。尼克拉见到儿子时，马可·波罗已经15岁了。

两年过去了，在马可·波罗17岁时，他的父亲、叔父带着马可·波罗准备回元朝复命。第二次来中国，他们三人先到阿克拉城觐见了新任教皇格雷戈里十世，教皇派两名教士随他们东行之后，他们又到了耶路撒冷取了灯油，与教皇派遣的两名教士正式踏上了东行的旅程。行至途中，两名教士畏难不前，将教皇致忽必烈皇帝的书信和出使委任状等托给尼克拉兄弟和马可·波罗以后便折返回去。

1271年，马可·波罗及其父亲、叔父3人从地中海的阿迦城出发，穿过叙利亚和两河流域，经过波斯，越过中亚大沙漠，翻过帕米尔高原，经过

第二十六回　马可·波罗来中国

今天的和田、罗布泊等地进入新疆。后来又经过宁夏、内蒙古、山西、河北等地。他们3人跋山涉水、历尽艰苦，用了将近四年的时间，终于在1275年来到元朝上都。他们3人拜见了中国的皇帝忽必烈大帝。忽必烈非常热情地厚待它们，并让他们3人做了元朝的官吏。一晃17年过去了，马可·波罗也从一个17岁的小伙子变成一个壮年人，他长的那么英俊高大。

忽必烈说："马可·波罗，你在中国生活这么多年，你对我们国家和我本人有什么看法？"

马可·波罗思考了一下，说："陛下，中国是个很富强和繁荣的国家，目前在世界上，各国都很仰慕中国，我认为陛下是一位伟大的君主，世界上没有一位君主能与陛下相比。因为我从来未见过拥有这么多人民、这么多疆土和财富的君主。"

忽必烈说："我本不想让你们回国，但又希望你们回国帮我一个忙。"

"陛下有什么事情需要我们帮助的吗？"马可波罗问。

忽必烈说："伊利汗国派来3个使臣，向元朝求娶王妃。朕决定把19岁的公主嫁给伊利汗。不料中亚发生战争，道路不通，三位使者和公主又回到大都。我想让他们同你父子3人从海路走。请你们把他们送到地方，因为你们是旅行家，有经验。"

"请陛下放心，我们一定会把公主送到伊利汗国。"马可波罗说。

"你们回去，要带多少金银财宝，请提出来，我会满足你们要求的。"皇上说。

"谢谢皇帝陛下，我们只带走贵国皇帝和人民的一片善心和友好情谊，别的什么也不要。"马可·波罗说。

忽必烈开盛大宴会为马可·波罗父子送行。

皓月当空，忽必烈举起酒杯说："祝你们父子三人一路平安！"

马可·波罗冲着辉煌的彩灯，站起来、举起酒杯道："祝伟大的皇帝陛下万寿无疆！"

1292年春，忽必烈皇帝为马可·波罗父子准备了14艘大船，从福建泉州出发，他们还带着忽必烈皇帝给法国、英国、西班牙等国王的国书。

马可·波罗他们用了两年半时间到达了伊利汗国，随行人员近千人，在路上生老病死，最后只剩下十几个人了，但公主在大家照顾下安然无恙，他们把公主送到伊利汗国。休息9个月后，决定回自己的家乡。

1295年底，马可·波罗父子3人回到了家乡威尼斯。马可·波罗父子3人已被家乡人视为不在人世，当他们回家乡时，亲友已经不认识他们。经过长时间辩论后才说服他们的亲友，大家才知道他们并没有死。当时威尼斯城正和热那亚城打仗，马可·波罗加入了威尼斯舰队作战。3年后，马可·波罗被俘。在关押马可·波罗的监狱中，有位名叫鲁思蒂谦的作家。在被关押的一年中，马可·波罗把自己在中国和亚洲各国的丰富见闻讲给鲁思蒂谦听，鲁斯蒂谦把它记录并整理出来，这就是闻名世界的《马可·波罗游记》。马可·波罗的中国之行及游记，在中世纪时期的欧洲被认为是神话，被当作天方夜谭，但《马可·波罗游记》却大大丰富了欧洲人的地理知识，打破了宗教的许多谬论，并对15世纪欧洲的航海事业起到了巨大的推动作用。随着战争形势的变化，威尼斯和热那亚签订了停战协定，马可·波罗也恢复了自由，回到了他在威尼斯的"百万宅"。在后来的岁月里，马可·波罗娶了一位名叫多拿达的女人为妻，她为马可·波罗生下3个女儿。当马可·波罗继续从事商业活动的时候，他们就享有旅行家的美称。

《马可·波罗游记》全书分为4个部分：第一部分，描写了马可·波罗到中国时的艰苦旅程，以及他经过的一些国家和地区的情况；第二部分，讲述了中国的丰富物产和元朝许多繁华的城市；第三部分，介绍了中国的近邻国家和地区；第四部分，讲述了成吉思汗之后的蒙古诸王为争夺王位所进行的战争以及俄罗斯的一些情况。书中对大都和西安、济南、开封、苏州、镇江、福州、杭州、宋州等城市进行了细致的描写，对中国丰富的物产和建筑等都描写得很细。马可·波罗说上都建筑华丽，货物非常丰富，每天都有从国内和各国运来的货物，仅丝绸一项，每天都有千车入城。马可·波罗，应作为中意两国人民友好的历史人物载入史册。

第二十七回　千秋功业入梦乡

　　1293年底，大都的天气已冷。忽必烈因为天气冷很少出行，他的身体也一天天弱了下来。他白天好睡觉，睡觉还好做梦。南苾看他身体一天不如一天，就把伯颜从和林调回大都。

　　忽必烈听说伯颜回来了，也来了精神，马上要见伯颜。伯颜应召来到忽必烈面前。

　　忽必烈拉着伯颜的手说："伯颜你可回来了，我近日感到孤独，有时也感伤。梦中常梦见我的爷爷和刘秉忠、郝经、廉希宪、赵壁那些人，说他们又回到我身边了，其实他们早都去世了。梦中我爷爷常问我：'你统一中国的梦实现了吗？'他还问我有什么梦没实现。我说安邦的梦还没彻底实现，周边有的国家还没被征服。"

"陛下还有哪些地方没有征服？"伯颜问。

"国内疆土扩大到这个程度也就可以了，只是周边国家没有全被征服，在安邦上没有做彻底。我们两次出海对日作战，但没有征服日本，我总觉得是块心病。我在梦中常常梦到日本人来打我们，来干扰我国，所以，没征服日本我有点不甘心。但大臣们常劝我不要打日本了，所以，我就没有发动第三次对日作战。如果发动第三次对日作战，我就派你伯颜去，我相信你一定能打赢这场战争。在统一中国和平息内乱中都是你指挥的，你是常胜将军。"忽必烈谈兴大增。

"都是陛下筹划的英明，微臣不过是一武夫。"伯颜谦逊地说。

"你可不是一武夫，你好读书，还会作曲，我读过你的曲子。"忽必烈说。

"感谢陛下夸奖！"伯颜不好意思地说。

"伯颜，由于你长期在外用兵，我们没有时间谈话，我有几个问题想和你讨论讨论。"忽必烈说。

"长期以来我用儒家之法治国，这本是用中华民族共同之法治国，有人偏说是用汉法治国，并说我利用汉法派，由此扯出民族矛盾问题，造成民族不团结。我用几个实利派的人搞经济，又有人说他们和所谓"汉法派"对立起来，好像用儒家之法就不要经济，不要理财。其实，搞实利派的人出了问题，那是他们个人品质的问题，而不是要不要理财的问题，哪里没有贪污受贿问题，理财有什么毛病，好像理财就有罪过。"长期闷在忽必烈心中的问题一下子倒了出来，他特反对别人对他的偏见和误解。

伯颜说："在这一问题上，我同陛下有同感。我觉得用儒家之法治国，就是用儒家的政治道德之法治国，这也是用中华民族之法治国，所以，不要搞狭隘的民族偏见，什么问题都往民族分裂上扯。理财并不是毛病，保卫国家，治理国家都要用钱，都需要理财，发展经济本身没有问题，搞经济的人个人贪污那是他个人的问题。反对贪污腐败也是对的，不把这些搞贪污腐败的人搞出来，不但国家富不起来，政治上也要垮台。所以，不能把理财同腐败划等号。"伯颜不但军事上有能力，在政治水平上也有一套。

"伯颜你说的太好了，你说到我心里上去了，这个问题一直在我心里憋着，因为我一强调理财，有些人就把理财同腐败划上等号，把它同'汉法派'对立起来。这个问题今天终于弄明白了,我心理好敞亮,茅塞顿开。"忽必烈非常激动。

"陛下统一了中国,征服了四邻,治了国,安了邦,使人民过上安居乐业的日子,陛下的一生可谓光辉伟大的一生。"伯颜说。

"在梦中,刘秉忠、文天祥他们一群人也这么说我,总之,我这一生没有愧对国家,没有愧对百姓,所以我不怕死,人生就像一场梦,人总是希望做一个好梦,我要在梦中去找察苾皇后去了。"忽必烈说到此处有点感伤。

"陛下身体这么好,您的梦会越做越好。"伯颜宽慰忽必烈说。

"朕还有一件事想问你,你看我的皇位将来传给谁好?"忽必烈问。

这个问题问得伯颜毫无准备,他照直说:"这个问题微臣也没想过,如果要传位,我想还是传给皇孙铁木尔为好。一是他聪明善良,二是他在平乃颜和海都时都立过战功,传位给他,人们心服。"

"就照你说的办,传位给铁木尔。你这一生净为我打仗了,帮助我建国平乱,最后传位的事也交给你了,希望将来你能使后人平稳接班。"忽必烈握住伯颜的手,叮嘱他。

"这个请陛下放心,伯颜一定很好地完成陛下的使命。"伯颜向忽必烈表示,让他放心。

为了让忽必烈心情舒畅一些,到外边去呼吸一点新鲜空气,南苾和伯颜、不忽木、玉惜帖木尔及太医院尹关汉卿都主张让忽必烈到燕京西山游览。忽必烈听了也很高兴,他决定和大家去游览西山。大臣们陪着忽必烈来到西山上。游览时,他们一群人站在山顶上,山下的枫树叶子都是红色的,像一片红色的海洋。在山脚下树丛中有寺庙、道观,天上飘着小雪,雪花落在寺院和道观的屋顶上和红色的枫叶上。

忽必烈说:"想当年,我和刘秉忠、郝经、姚枢、廉希宪等人也游过西山,看过西山红叶。今天枫叶还在,还那样红,可人多数不在了,都离我而去。"

"今日的红叶也不是当年的红叶,岁月无涯人有涯,生生死死无论对物和人都是一样的,一代接一代,岁月就是这样。"关汉卿说。

"关先生,我看到山下的红叶和白雪,因而想起离去的人,让我想起你的一首有名的诗《四块玉别情》。你还能读读那首诗吗?"

"我还记得那首诗,我给陛下读一读,献丑了。"关汉卿昂起头,看着山下的枫林和小溪流水,低声歌唱到:

自送别,

心难舍,

一点相思几时绝?

凭阑袖佛杨花雪。

溪又斜,

山又遮,

人去也!

寒景又想离别情,忽必烈感到浑身寒冷,脸色苍白,身上发抖,大家赶快扶他上轿回宫。

忽必烈回到大宁宫,昏昏欲睡,不断地做梦,一会儿梦见刘秉忠等一些人出现在面前,高谈阔论;一会儿梦见自己在马上飞鹰走狗;一会儿梦见察苾神色怡然地向他走来,一夜里飘飘欲仙,胡思乱想。

从西山回来,忽必烈就病了,太医们用药也不见好,整天一会儿明白,一会儿糊涂。

太子妃阔阔真把三子铁木尔叫到爷爷身边,忽必烈用期望的目光看着跪在眼前高大英俊的孙儿,他用一双虚弱抖索的手,握着铁木尔年轻有力的手说:"孙儿,爷爷已经80岁了,你父亲去世得早,你该接替爷爷当这个皇帝了。人家是望子成龙,我只能是望孙成龙了。做个皇帝,获得幸福最大的秘诀是使国家大多数人幸福快乐。"

"爷爷才华盖世、威武双全、洪福齐天,有爷爷在一天,我就辅佐爷爷一天。"铁木尔跪在地上说。

"爷爷身体快不行了,岁月无涯,人生有涯,等爷爷不在时,你要接这个皇帝位。你要有理想和抱负,如国家治理等,没有理想和抱负的人是可怜的。你前面的路只有一条,就是要有抱负和理想。要多读书,读书会让你聪明。抓住时光,千万别浪费光阴。不要多喝酒,酒会让你糊涂,你成吉思汗太爷

第二十七回　千秋功业入梦乡

说喝酒误事,喝多酒会使你变成聋子、哑子,会使你失去才智和前途。希望你记住这句话。今后有事多找伯颜等老臣商量。伯颜一生功劳卓著,他爱学习,他有理想,生活纯洁,他对事业和我最忠诚。"这个时候忽必烈有些喃喃自语。

铁木尔听到爷爷说这些话,好像自己长大不少,他边哭边说:"爷爷,我今后再不会多喝酒了,你不会离去的,你会永远健康。"

说到这里,忽必烈忽然睁开眼睛喘息着问:"今天不是过年吗?怎么听不见鞭炮声?"

南苾说:"大家怕影响你休息,京城一律不许放鞭炮!"

忽必烈忽然眼睛一亮,目光如炬,他说:"放吧,放吧,让大家放鞭炮欢乐吧,让大家好好过年。"他梦见察苾向他走来,他嘴里小声喊着察苾的名字。见忽必烈来了精神,南苾转悲为喜,以为喜从天降。可是忽必烈说完几句话后,已经张不开嘴,死神向他一步步走来,他闭上了眼睛,再也没睁开。

忽必烈在鞭炮声中,灵魂归天了,离开了人世。大家千呼万呼,忽必烈如在梦中,他安详地睡着了。他像一片秋叶一样落在了地上。忽必烈驾崩的日子是1294年农历正月二十二日夜。外面灯火辉煌,在人们欢度新年时,忽必烈这位著名的皇帝走完了它辉煌的一生,在位35年,享年80岁高寿。

执事官向天下宣布:忽必烈皇帝龙体归天了。佛家念经为忽必烈超度亡灵。他的灵柩临时被殡殓于大墙后面临时的帐篷里。

1294年农历正月二十四早晨,忽必烈灵车出大都建德门,在近郊北苑祭奠完毕,文武百官和皇家贵族父老妇幼与灵车告别。大家嚎啕哭泣,灵车继续北上,他的灵柩将被埋葬于成吉思汗在漠北的陵地起辇谷。

忽必烈去世前,留下了以自己的孙子铁木尔为继承人的遗诏。但按蒙古国的规定,继承人必须得到忽里台选举才能最终被认定。铁木尔和他的长兄甘麻剌都有继位的机会。他们的母亲,太子妃阔阔真为了落实忽必烈选定的继承人,而且不出波折,和三位顾命大臣知枢密院事伯颜、御史大夫玉惜帖木儿、平章政事不忽木商量,出题目考核他们兄弟二人。考题的内容是让铁木尔和他的长兄甘麻剌背诵成吉思汗的《言行录》。因为他们知道甘麻剌有口吃的毛病,而铁木尔能言善辩,加上有三位顾命大臣的支持,甘麻剌必败。

187

圣主春秋

于是，在上都举行了忽里台贵族大会，专门讨论皇帝继位问题，选举新皇帝。出席会议的有忽必烈庶子宁远王阔阔、镇南王脱欢，皇孙甘麻剌、铁木尔等诸王，加上三位顾命大臣伯颜、玉惜帖木儿、不忽木和右丞相完译等，及皇后南苾、太子妃阔阔真等黄金家族的人。

由于忽必烈四位嫡子均已逝世，孙子辈只剩下真金的两个儿子，甘麻剌和铁木尔，他们是忽必烈嫡系子孙，只有他们俩有资格角逐皇位。阔阔真太子妃让她的两个儿子甘麻剌和铁木尔每人背诵成吉思汗的宝训，也就是《言行录》，让在场的人看看他们谁讲的好。由于铁木尔有很好的口才，所以他以美妙的声音讲了言行录，而甘麻剌由于有口吃毛病无力与铁木尔争辩。全体一致通过铁木尔得胜，他取得了皇帝宝座。

在皇帝登基仪式上，伯颜手执宝剑主持会议，他宣布了忽里台大会选举的结果，铁木尔成了忽必烈之后元朝第二位皇帝，众人三呼万岁。铁木尔继位后，忽必烈被上尊谥为"圣德神功文武皇帝"，庙号"世祖"。1294年农历四月十四日，铁木尔在上都大安殿上登上皇位，他就是元成宗。成宗继位后，伯颜加封为太傅。

忽必烈大帝遗体被埋在蒙古高原上水草丰美的萨里川山头的"起辇谷"的草地下，用万马把他的坟头踏平。历经数年，松树成林，后人再也无法找到他的墓地。·

图书在版编目（CIP）数据

圣主春秋 / 刘强著 . -- 北京：企业管理出版社，2016.12

ISBN 978-7-5164-1384-5

Ⅰ . ①圣… Ⅱ . ①刘… Ⅲ . ①长篇历史小说—中国—当代 Ⅳ . ① I247.5

中国版本图书馆 CIP 数据核字 (2016) 第 261296 号

书　　　名：	圣主春秋
作　　　者：	刘　强
责任编辑：	宋可力
书　　　号：	ISBN 978-7-5164-1384-5
出版发行：	企业管理出版社
地　　　址：	北京市海淀区紫竹院南路17号　邮编：100048
网　　　址：	http://www.emph.cn
电　　　话：	编辑部（010）68416775　总编室（010）68701719
	发行部（010）68701816
电子信箱：	qygl002@sina.com
印　　　刷：	中煤（北京）印务有限公司
经　　　销：	新华书店
规　　　格：	710mm×1000mm　1/16　12.25印张　188千字
版　　　次：	2016年12月第1版　2016年12月第1次印刷
定　　　价：	39.80元

版权所有　翻印必究·印装有误　负责调换